越南醫記

一位台灣醫師的越南行醫紀錄

張武修／著

推薦序

書序

賴清德／副總統

懸壺濟世、行醫救人、總是充滿悲天憫人的情懷，張武修不只是一名醫師，更是一位熱情的行動者。

張醫師跟我一樣都曾在哈佛大學接受公衛教育的訓練，但他比我更上一層樓，後來還取得哈佛癌生物研究所博士學位。

張醫師的人生精彩豐富，除了住院醫師，研究教學外，亦曾擔任監察委員。他最爲人津津樂道的是，自一九九八年接受時任台灣醫界聯盟會長李鎮源院士的邀請，擔任醫界聯盟秘書長後，就開始長期活躍於國際醫療外交。無論是台灣爆發SARS疫情需要國際社會協助，還是南亞海嘯等國際災難需要台灣伸出援手時，我們都可以看到張武修醫師服務的熱誠與活躍的身影。

COVID-19疫情不只改變全世界的產業供應鏈，也迫使人類改變許多生活的日常。過去習以爲常的海外醫療交流，疫情期間竟變得困難重重。就連到第一線行醫都必須經過很多關卡，才得以

成爲醫療救援的力量。

張武修醫師的越南行醫紀錄，記錄了他在COVID-19疫情期間，在越南的所見所聞。二〇二一年3月，臺灣疫情仍處於相對和緩之際，張醫師親赴越南同奈省的胡志明醫藥大學震興醫院，協助台商建構醫療院所系統以及診療工作。經商有成的越南台商，有感於當地醫療資源相對匱乏，且醫療費用昂貴，非一般民衆可負擔，本著取之於當地，用之於當地的感恩回饋之情，因此決定興建醫院，同時也照顧到居住該地的臺灣人。

從4月底開始，越南疫情轉趨嚴峻，至今已經超過60萬人確診，對越南南部經濟重鎮胡志明市、同奈省及鄰近省份都造成巨大影響，震興醫院落成的及時雨，正好也擔負了救治肺炎病患的重責大任。

翻閱張醫師的行醫記錄，彷彿跟著他在越南行腳，無論是走過熱鬧擁塞的市集馬路，穿越郊外的大河小溪，還是途經充滿法式風情的城市建築，都可清晰感受到越南民衆的友善與活力，而其中最重要的是張醫師治癒病患的喜悅。

疫病中相互支援的溫暖，總是讓我們看到希望與光明，這本書不只讓我們看到一位臺灣醫師的越南行醫記錄，也讓我們看到一段充滿溫暖、台灣與越南共好的旅程，願讀者都能從張醫師的這本大作，得到滿滿的正能量！

—推薦序—

期待他爲醫療新南向更多貢獻

蕭新煌／總統府資政／台灣亞洲交流基金會

這本《越南醫記》是張武修醫師，也是前監察委員的「台灣醫師的越南行醫紀錄」。紀錄了98篇他自二〇二一年3月以來在胡志明市鄰近同奈省的一家台商醫院—震興醫院，從事第一線門診工作的所見、所聞、所思、所感。

半年不長也不短，要完全適應一個在東南亞異地的生活和工作，也不容易。武修趁記憶猶新之際，快筆寫下他的越南行醫隨筆，實在難得。我有機會讀完他的每篇「日記」，彷彿就是看到一位古道熱腸的台灣醫師，前往東南亞落實「新南向」的心路歷程和感性發抒。我深深爲之感動，也若似隨著他的筆觸重返我過去20年來幾次造訪越南這個國度的記憶。

武修在南越的隨筆紀錄有著比一般人多一層的親身行醫體驗。他寫了相當多篇他對醫院看病和對越南醫療的專業觀察和心得；他畢竟也是一位旅人，所以也有好奇的行旅經驗。而特別有價值的是在這本書裡寫到他在越南面對另一波武漢肺炎危機和看診台商確診者的專業判斷和起伏心

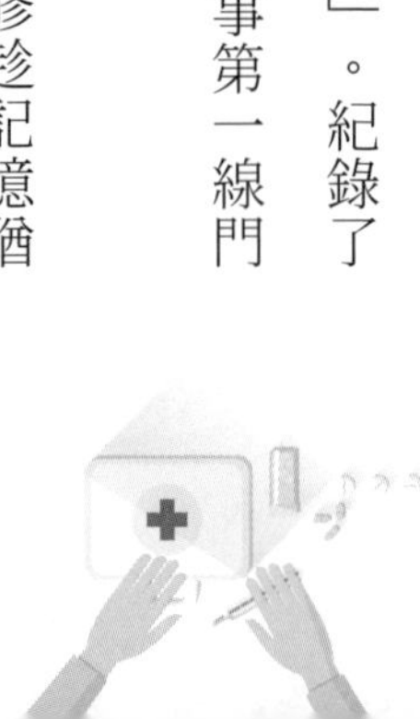

情。他寫到「從震興醫院染疫而平安出院的台灣朋友將近10位，雖然過程艱苦，但他們能康復出院，確有一絲安慰」，這道出了一位醫者的仁心。COVID-19的肆虐，全球犧牲了四百五十多萬無辜的人命，武修一時心軟也寫下了一則「疫病狂想曲」，幻想有一艘方舟，能帶離在地球受難的人。

我恭喜武修出版這本對他一生可能是很有意義的書，也祝福他在越南平安、健康，更期待他為醫療新南向多貢獻一些。

—推薦序—

醫者行旅，越南眞情手札

吳成文／中央研究院院士／國家衛生研究院創院院長

上一世紀80年代末90年代初期，我擔任中研院生醫所所長及國家衛生研究院籌備處主任，當時臺灣的民衆對公共衛生環境已有認知，以及開始萌生注重社會環境的健康觀念，輻射屋的問題首度出現，我知道有一位年輕醫師不斷呼籲政府注意輻射屋影響民衆健康的嚴重性。

我回國的動機爲希望爲臺灣打造科學研究的基礎建置，同時提升臺灣的醫學研究能力得以與國際比評，故而終日奔走公部門，與政府單位總有交結。當時的原能會希望我能藉助科學來瞭解輻射屋的問題，身爲一位科學家，以科學的求眞精神，爲臺灣社會釐清輻射屋的疑慮，當然是責無旁貸，於是我組成國際學術審查，針對輻射屋進行科學計畫的徵求。

學術審查出爐，以最佳成績拿到計畫的卽是這一位參與民衆拮抗的醫師張武修，這是得知張武修醫師的開始。然原能會後卻稱因經費不足，不願意支持本計畫，我據理力爭無果，爾後又得知原能會將本計畫轉予其他公部門委外執行，才恍然大悟，眞是此地無銀三百兩，原來是因爲輻

射屋計畫主持人爲張武修醫師之故。

科學的精神爲求眞實確據但不爲特定標誌的政治服務，尤其是經過國際學術審查通過的計畫，那時國衛院已經成立，我堅持本計畫依舊進行，所有的預算由國衛院支應，以求瞭解眞相。這一個學術研究計畫也開啟了政府針對輻射屋影響民衆健康之警覺，據悉也成爲爾後輻射屋受害者得到國家賠償的依據。

這是一段與張武修醫師結識的經過，當然人在學界與張武修醫師總有機會在不同的學術會議中會面，只見他一路在社儕脈動中跨步向前，歲月替嬗，當然不再是年輕的張武修醫師了，還擔任監察委員。監委下任後，張武修醫師於放射線醫學年會邀請我演講，我卽在會中說出這一段經過，張武修醫師也才知道爲了堅持學術的獨立精神，我曾力挺他學術計畫之始末，我亦順知他於監委下任之後，尙懷抱著容有機會爲社會再盡心力的情懷。

結果他在全球疫情嚴峻的現下，去了越南。這一書版卽是他在越南的醫者行旅手札，隨思捻來，感覺除了醫者的觀察之外，還增添許多細緻的人文仰望，而讓我訝異的是，他居然曾經想去非洲行醫。

張武修醫師進入一個不同語言、不同醫療環境、不同醫事文化，甚而被認爲醫學環境遠低於臺灣的國家；然總有相映之處，例如，面對同是亞洲國度希望力爭上游的越南社會，以及全球不容躲避新興感染症無情的挑釁，醫者親識者爲病患，疾病不因爲國度不同而得以豁免；他同時感受到在越南異地打拼臺灣同胞的點點滴滴。人類的疾病不會模糊掉醫者的醫心與努力，這是我所看到的醫師群像，張武修醫師也融入這一個群體中。

這是一個臺灣醫師在越南的眞實體受，他在手札中寫到，當臺灣的疫情舒緩之際，希望有人會想到協助越南（文中提及臺灣的民間醫院的確提供協助）；他娓娓道來，看見一位越南賣玉蘭花的婦人，讓他念及曾經知道另一位在臺灣賣玉蘭花婦人獨撐家計身體的病痛；與因爲疫情擊虐，臺商染疫在死亡邊緣搏鬥的慨嘆；電腦螢幕上的書寫，雖清淡卻動容。

醫者的眼光，在病毒飛竄中的異地懷想，是張武修這一年最甜蜜的負擔與功課，也會是最眞摯的「愛在瘟疫蔓延時」吧！

是爲序。

—推薦序—

台灣醫衛軟實力與國際公眾外交的整合

高英茂／外交部次長及駐歐盟代表／
台灣民主基金會資深研究員／民主台灣國際委員會秘書長

張武修醫師可說是近年來在台灣及國際舞台上推展台灣醫衛軟實力（Soft Power）與國際公眾外交（Public Diplomacy）整合最突出的學者專家。我覺得至爲榮幸，有緣與他合作長達20年之久。此難得機會，目前還繼續進展中。

在頭10年，我從美國布朗大學退休，回國前後在外交部及歐盟服務；張武修完成了他在美國哈佛大學博士學位後，亦回國在衛生署及數所醫學大學服務。在這段期間，我們不僅共同密切合作推展了對SARS的防疫運動，以及爭取台灣參加世界衛生大會（WHA）基本人權。同時，我們還有幸一起在台灣駐歐盟代表處共事三年。

近十年來，張武修博士推展了一系列國際醫衛合作運動——從「亞洲健康識能學會」（二

○一三年），擴大到「世界健康識能學會」（二○一六年），並爲提昇台灣的國際角色，成立了「全球台灣醫衛總會」（二○二○年）。對如何組織並動員台灣的醫衛軟實力與世界的INGOs（國際非政府組織）公衆外交的合作接軌，張武修醫師扮演了至爲關鍵性的領導功能。

張武修博士的這一本新書，收集了他近半年來出征在COVID-19威脅下越南的「行醫紀錄」。我覺得這些「紀錄」，除了展現他「實踐」的醫衛行動及挑戰外，更流露了他背後所堅持的醫衛軟實力及公衆外交所緊密結合的「願景、任務及理念」。張醫師不僅具有堅強的醫衛專業態度及奉獻精神，也流露了他浪漫的人性，幽默及夢想。我認爲這本新書對醫衛專業人士及一般讀者均有很高的「可讀度」。前者可吸取很多張醫師國際臨床行醫的親身經驗；後者可發現不少張博士幽默、正面、樂觀的人生哲學。我相信，對特別關心以整合醫衛軟實力的國際公衆外交來提昇台灣國際能見度的產官學各界學者專家，此新書的出版必定會發揮更大的啟發功能。

—推薦序—

路是無限的寬廣

黃明和總裁／秀傳醫療集團／立法院厚生會創會會長

二〇〇七年我準備到法國斯特拉斯堡，拜會法國微創醫學中心創辦人馬赫斯特教授（Professor Jacques Marescaux），希望學習微創醫學的發展；從厚生會得到消息，衛生署剛派了一位醫師到歐盟擔任「衛生大使」，很有興趣知道派一位醫師擔任這個工作的範圍和任務；我飛抵歐洲法蘭克福後，打一通電話到台灣在布魯塞爾辦公室，之前我們素未平生，張醫師意外親切，很歡迎台灣醫界朋友到歐洲訪問，很快約好一起前往史特拉斯堡的火車上碰面，一路上他相當好奇馬教授微創醫學中心；到達史特拉斯堡第二天，馬教授醫術卓越響譽國際，法國當年5月剛當選的薩科齊總統也特地前來拜會馬教授，我和張醫師就在史堡恭逢並與法國總統握手合照，對我們都是很新奇的經驗；這一次拜會非常順利，促成二〇〇八年馬教授同意將法國微創中心亞洲重鎮設立在台灣，讓彰濱秀傳醫院在鹿港海埔新生地上，重新展露國際風采。

張醫師擁有相當傑出的醫學和學術成就，二〇一四年他陪同鹿港出生的母親，一起回到彰化拜訪彰濱秀傳醫院，我才認識這位彰化出生的優秀後輩；他擔任監察委員期間，期待他對家鄉鹿港多關切，也建議可以在監察院成立類似立法院厚生會跨黨派的厚生團體。監察院卸任後，積極邀請他到彰濱一起造福家鄉，他有一個不錯的計畫，到東南亞、越南開發國際醫療的願景，不僅在彰化照顧鄉親，更可到越南照料許多從彰化和台中前往越南發展的台商，秀傳樂於借用他的專長，擔任無任所醫療大使，持續開闊海外醫療事業。

很高興從本書，閱讀他前往越南工作的經驗，如南向發展的寶藏圖，真誠無保留分享，讓台灣讀者了解不同國度的醫療；期待他帶領秀傳集團的專業，前進越南生根發展，更繼續像火炬一般，帶領台灣醫界在國際醫療上發光。

2017年立法院厚生會訪問越南（從左）郭長豐副院長、鍾佳濱立委、黃明和總裁、盧秀燕立委、簡智明僑委、黃秀芳立委、許毓仁立委、味丹楊克祥董事

—推薦序—

愛的力量：改變的引擎

石曜堂／財團法人演譯基金會董事長／
財團法人國家衛生研究院衛生政策論壇諮議委員／國防醫學院榮譽教授

愛是我們的嚮導

「憑藉著愛的力量／一個普通的觀念／一種實踐／愛是我們的嚮導……」

「變不是一件容易的事，然而不變卽是死亡」—楊牧

智慧可以超越自然的侷限，依照本身的想法改變世界，是宇宙間最重要的一種現象。智慧幫助我們人類克服生物遺傳的侷限，並在演化過程中改變自己。

讓我們努力成爲點燃「改變」的那一盞微光；只要你我願意，我們就是改變的起點和改變的力量。

武修在自序中寫著：「二〇〇九年從歐盟外交工作告一段落回到台灣，卻持續參與許多國

際醫療衛生的研究或合作計劃，雖然並非代表政府從事國際關係的推動，仍然覺得有許多國際醫療的夢想，自私地想去實現，包括一個不太實際的計畫，有一天到非洲行醫；知道這個想法的朋友會問，什麼時候呢？我想應該是70歲後，當台灣不再需要的時候，就去非洲……。而二〇二〇年忽然有了難得的機會，除了不再充耳不聞，也找不出理由要把這樣的夢想再三延後，所以當聽到越南的呼喚，我做了回應，就來了。」，武修以這樣的情懷，用「越南醫記：一位台灣醫師的越南行醫紀錄」這本書，探索生命的點滴，串織成「存在、生存、生活、專業、生命」共舞的故事；敘述「以人爲本，航向美麗的藍海，繼續奮鬥，繼續探索，繼續創造，絕不放棄」的作爲歷程。

「存在（Existing）」的動力原是「生存（Being）」；生命的目標，可以說是無限的生存。人做爲一種生命的形式，其所有活動和目的，都只從一個指令：生存。生存動力是人類所有活動的基礎；自我的生存，必須與文化、世界結合也就是身、心、靈、社會的融合。「存在」的意義，在於活出生命的價值。「價值」與「意義」是生命的兩大座標，也是自我修正的標竿，一步一腳印踩出生命的「意義」與「價值」。

透過國際醫療，一生尋索凡事的核心（Bioethics is love of life），從不滿足於做生命的旁觀者，盡心盡力探索新經驗，新關係。以赤子之心，滿懷熱情地察看世界，確信可以在生命中展現

生生不息的志趣。透過國際醫療獲得心靈的癒合、釋放和改變。

鐘，沒有人敲，就不會是鐘。歌沒有人唱，就不是歌。愛，要是不給，就絕不是愛。「雨阿，請你到非洲」這本書的作者金惠子是獲獎多次的韓國重量級大明星，爲了世界各地貧困的兒童，她到各處奔波，她說：「如果我是雨，我要去沒有水的地方。如果我是衣服，我會去找光著身子的小孩，如果我是糧食，我會先去找挨餓的人。」落後國家的民眾、小孩都是有著心跳和夢想的人，不要讓他（她）們只成爲貧病死亡人數的統計數字。將你擁有的東西給別人時，並不算是給予，眞正的給予，是當你獻出自己的時候。人離開人間時帶不走任何東西，只有人間所做所爲與你同行。詩人羅洛梅（Rollo May）《生死之詩》：「愛是死亡及不朽的交會點。」

從前瞻宏觀的全新視野，COVID-19全球肆虐的反思；從上個世紀五十年代開始，「我們是失落的一代！」的呼聲，如雷貫耳，響徹東西；而所謂的後現代，更直截了當的發出「人不見了（dehumanization）」的絕望呼喊。我們應該徹悟：「人類整體力量如何大於其各部分的總和」。超越全球化的經濟版面已經形成。人類社會的組織基礎，已非國家與人權，而是藉「供應鏈」與世界網路連結，誰掌握「連結力」，創造「供應鏈」或「關係網」決定它是賽局中領航的航標與燈塔。歷史的軌跡淵遠流長，它總是朝向連結性伸展。連結不只是工具，而是一種內在的動力。沒有比連結更好的投資，我們花費很多精力在計算國家經濟體的價值上，現在該花費同樣的注意力在經濟體連結的價值上。連結已成一種基本人權，賦予地球上每個人機會供應它們的家，並對共同的未來做出貢獻。

—推薦序—

海外存知己，天涯若比鄰

邱文達教授／前台北醫學大學校長／前衛生福利部長／
國際醫療衛生促進協會創會理事長／現服務於美國AHMC醫療集團

二〇〇四年我擔任萬芳醫院院長，經常有帛琉和南太友邦國家貴賓前來就醫，有一回衛生署一級主管專程來到病房關心一位國會議員，我陪當時年輕的張處長去探望，他對醫院的醫療相當有興趣，也滿意萬芳醫院照顧這些國外貴賓；幾年後他從歐盟擔任外交工作回來，北醫大正需要發展國際學術交流，我請他成立國際處，他立刻就答應，很快聘請了好幾位歐洲國際學者，讓我很驚訝，一個學期內北醫大一下子已有許多外國學生申請入學。

在國際大學排名上，原來北醫大被認爲是醫學專業大學，不是General University，無法參與世界大學排名。爲此國際處張處長特別安排新成立的文學院院長及時任校長的我遠赴新加坡會見QS高層，經一天談判，終獲核准參與，打開臺灣醫學大學進入世界大學排名之門。北醫大也因此進入全球五百大，很快成爲國內私立大學領頭羊，世界各國不少知名的大學更不斷前來簽約，讓北醫大的名聲持續提升。

二〇一〇年1月13日海地發生七級大地震，造成嚴重傷亡，武修很快在校內邀請一位海地在校生成立援助海地救災捐款活動，讓北醫大的師生有機會將愛心傳到遠方，隨後北醫大更開始深耕海外醫療，也陸續開展西非聖多美普林西比以及南非史瓦蒂尼兩個長駐醫療團，他費盡苦心四處招募前往非洲的醫療團員，出發前，我們幫這些即將遠行的醫療人員洗手，從此北醫大師生將全球視爲校園，展現醫療無國界，施比受更有福，讓北醫大創校宗旨名聲遠播！相信也影響了國內各大學國際化的起心動念。

武修從事國際事務的推動，並不是爲了一個職位需要達成KPI，反而是他創造了KPI，而帶動組織往國際化前進；他像有不停歇的馬達一般，朝向標竿努力向前，並且不斷開闊新的疆界，打開我們的視野；萬萬沒想到，11年前他帶著簡單的團隊到越南去招募學生，找到許多新的合作伙伴，現在他更身先士卒，到南方、有需要的地方擔任起醫療工作，繼續著他對國際醫療工作的熱情。

這一本書記載著他離開白色巨塔，隻身到深水濁溪處去幫助困難中的病人，和如何秉持醫療的良心，在台灣之外，展現醫療的遠景。我期待他的步伐繼續向前，實踐醫療無國界。

—推薦序—

一場接力演出

林奏延教授／前衛生福利部長／前國家衛生研究院董事長

二〇一七年我擔任國家衛生研究院董事長，曾經拜訪胡志明市第一兒童醫院，並前往河內拜訪衛生部專家，發現越南對於疫苗的研發相當有興趣，於是二〇一八年我們邀請好幾位河內的專家來台灣參加腸病毒疫苗在越南和台灣法規的座談，並且安排越南專家參觀台灣兩家疫苗廠，雙方對於共同進行腸病毒疫苗的發展有高度共識，後來也促成了國家衛生研究院成立亞太地區腸病毒偵測網絡（APNES），這個以台灣生醫界爲主針對亞太地區腸病毒疫苗的研究，對台灣以及亞洲很多國家新生兒疾病的預防踏出很重要的一步，我也感謝國衛院許多優秀的同仁包括李敏西研究員等能夠持續和越南的學者一起著力於這個世界上少數可能成功的疫苗發展，當然其中也對於越南醫學界認眞參與這個相當不容易的研究深表敬佩，尤其在資源相對不足，少數的專家需要同時扮演很多任務的情形下，能夠將重要的研究完成，更是讓我驚訝！

這樣的觀察在張武修醫師這一本親自到越南長期在醫院第一線和越南的醫療人員一起工作所

撰寫「一位台灣醫師的越南行醫記錄」，不謀而合，能夠延伸先進的台灣醫療科技到東南亞，尤其和臺灣近鄰的越南，應該能給有心新南向醫療發展的朋友，第一手的觀察和體驗，尤其在新冠肺炎陸續在台灣和越南引爆期間，他能夠在越南堅持醫療工作人員的道德和勇氣，相當不簡單。病毒並沒有國界，張醫師也身體力行醫療沒有國界的理念，書中所描述和分析的許多異國醫療的體驗，應該值得台灣年輕醫界朋友們參考學習，再接再勵！

推薦序

越南實踐，臺灣隊

陳時中／衛生福利部長

「假如我們能持續給遠方陌生和需要幫忙的人伸出手來，我們可能築起一座又一座的橋，也可拆掉一道又一道無形的藩籬……」，張武修教授在這本《越南醫記》中，告訴我們他曾搭過的橋，當然更多的是在全球披荊斬棘的困難與藩籬。

一位四十來歲的台商，正青壯不惑。只是因爲染疫，原本還有救，可是單就要將他從資源不足區轉診出來，就是層層藩籬。與時間賽跑的不只是病毒。在陌生的國度，層層的行政隔閡和緊繃時間的壓力，在張教授的筆下，我們彷彿親歷現場，一起和醫療團隊與死神拔河。那終究搶不回來的台商，戛然而停在不惑之年，卻留給醫療團隊茫然和疑惑，「尚未完成的夜晚」這幾行字穿透書頁而來，我們可以感受台灣國際醫療團隊在外奮鬥的艱辛。

生活的目的不在活著的日子，而在我們記得的日子。張教授長年投入國際醫療，前前後後在政府機關、學界及醫界深耕國際交流及公衛外交，這次將他的越南記憶，節錄爲台灣國際醫療的範本，彷如教科書般的記銘每個生活及過程的點點滴滴。

衛生福利部自二〇一八年推動新南向「醫衛合作與產業鏈發展」計畫，以進一步深化我國與東南亞、南亞地區各國的合作夥伴關係，並將臺灣醫衛及相關產業政策推動到新南向國家。過程中我們也深切體會到各國文化、市場、需求與法規的差異性，自二〇二二年起的「新南向醫衛合作與產業鏈發展中長程計畫第二期」政策，便將針對不同國家落實差異化推動策略。本書的問世，也爲本部的政策提供相當好的參考。還有令我非常感動的，是共與醫院、越南當地台商以及臺灣醫院、醫師與產業界同心協力救治病人或集送物資到越南的例子，這正是「臺灣隊」、「臺灣醫療」品牌的最好證明，亦彰顯了「Taiwan Can Help」精神！

張教授觀察敏銳，擅長見微知著，透過其筆下可帶領讀者從小處思考全球化下後疫情各國產業的在地佈局；這些紀錄除了是一個醫者的省思，也是未來世代將來回頭了解這兩年的重要歷史參考。

透過此書的出版，不僅分享他的智慧與收獲，而書中提及的臺越差異及越南當地的優勢與需求，可以讓有志深耕越南或新南向國家的各界人士做更周全的準備，規劃更適當的策略，誠摯推薦給有志投入國際醫療的人士閱讀。

—推薦序—

深耕國際醫療的陽明醫學院傑出校友——張武修教授

魏耀揮教授／馬偕醫學院創校校長

武修是我一九八一年回台任教於陽明醫學院擔任導師那一班的小班長，他很認眞班務，經常跟我見面，雖然距離現在已經40年，但他和幾位當年這一班的學生跟我仍有聯繫，並沒有因爲畢業而斷了音訊。當時陽明醫學系的學生都是公費生，畢業後要接受分發到各地醫院服務，能夠出國進修的少之又少，武修到美國接受了很好的基礎醫學訓練後，立即回到母校協助還在發展初期的陽明醫學院，可見他是很有感情的人。他回到母校後，投入教學研究，很快就累積豐富的學術成果，教研積分超過平均許多，不過第一次升等時卻被委員會予以保留，並非成績不夠，而是希望給他更大的挑戰；我知道他失落和訝異，不過他接受了那一次難得的挫折，繼續證明他比原來更好，第二年剛滿40歲他正式升等教授，這是很難得的學術肯定，也展現他挫敗後更加認眞學習的謙虛。

二〇〇九年我受邀在新北市三芝區面海的山坡地創設馬偕醫學院，武修常去訪問，馬偕醫學院第一屆畢業典禮他也特別前往祝賀，他對於開創似乎有不熄的熱忱。武修也受台北醫學大學前校長邱文達教授邀請，擔任該校國際事務長，積極開拓國際學術交流，建立雙邊合作和雙學位學程。所以武修在卸下監察委員職務後，隻身到越南親身實地和當地的醫師在醫院裡面工作，對他應該滿足了學習的好奇，也延續他對國際醫療的熱情和對人的關愛，同時也幫台灣的醫學界開創一個新的生涯發展方向。

這一本書裡面敘述一個外國醫生在一個開發中國家碰到的許多挑戰，雖然台灣和越南之間並非完全陌生，但他更深入從醫師和病人和其他越南醫師、以及醫院和越南社會的互動，分析醫師和醫院的成長對一個社會發展的重要，而這個重要性在異國的環境更加能夠展現出來。這樣的探討也應該可以成爲國內醫學教育的一環；醫療原本沒有國界，像馬偕博士和蘭大弼醫師到台灣從事醫療宣教一般。馬偕博士當年所寫的「台灣遙寄」已成爲臺灣的重要史績；幾年後希望這本書也能夠成爲二十一世紀初越南社會發展的寫照和參考。

我誠心盼望這本書能開啟我們對鄰近友好的越南有更深的認識與學習。

—推薦序—

「越南好台灣就更好！」

鍾佳濱／立法委員

「越南好台灣就更好！」這是張武修醫師在「越南醫記」新書中鏗鏘有力的一句話，不只道出張醫師離開溫暖安全的台灣到越南行醫的動機，也銘刻著台灣與越南與衆不同的情愫，對於長期在立法院關注新南向政策的我，更心有戚戚焉！

爲響應蔡總統的新南向政策，佳濱於二〇一七年在立法院倡導成立「新南向國會交流促進會」，而在新南向18國當中，越南有近20萬名台商，且有超過10萬名婦女嫁到台灣，生養新台灣之子，其與台灣的關係不言可喻，因此理所當然的被視爲新南向首站。在新冠肺炎爆發前，佳濱多次到越南考察交流，對越南有幾分的認識，因此在每年的「公益信託懷博愛教育基金」（由我捐出立法委員選舉選票補貼金創立）屏東縣國中小學頒獎典禮，每次看到越南籍母親穿著傳統禮服盛裝陪孩子受獎，總忍不住多交談幾句。

受疫情影響，我無法再到越南交流，但在這時候張武修醫師卻離鄉背井到越南行醫，而且憑藉著多年的寫作修爲功力，以類似札記的方式，將半年來在越南從事醫療的見聞與感想心得，寫成《越南醫記：一位台灣醫師的越南行醫紀錄》一書，分享國人。我因受邀撰寫推薦序，得以先睹爲快，實感榮幸！

綜觀全書，除了影響人類甚巨的新冠肺炎疫情、國際醫療外，也觸及風土民情、人生哲理等多個面向，且有隔離、封城、宵禁等親身體會，觀察入微，更令人佩服的是作者以智慧創造出許多發人深省的文字、佳句，例如，談醫療有「醫療人員是到地獄前最後守門員？或者是到天堂前的一位護送者？」；說疫情有「如果長期在幸福安逸無憂無慮的生活中，其實是無法享受到生命的不確定，地球的瞬息萬變，和病毒給我們的教訓。」論隔離則以「靈魂總有孤單的時候」、「隔離是一種磨練」自我解嘲；其他類似「行動創造希望」、「在受苦的昌盛」等文字不勝枚舉，若無豐富的人生閱歷與人文素養，恐無法寫出這樣充滿哲理的文字。

「全球化帶來了許多的方便，也帶出了這一次世紀的病毒風暴。」越南與台灣原都是亞洲防疫的模範生，也一樣在歷經一年多的安穩期後遭逢疫情風暴肆虐，但結果卻大不相同，台灣有幸在歷經三個月的辛苦抗疫，在未實施封城就讓疫情降溫，贏得國際讚揚，反觀越南從4月底至9月中旬已有超過60萬人染疫，雖採封城、宵禁等嚴厲措施，但疫情依然嚴峻。台灣雖疫情稍緩，但仍藕斷絲連，尤其Delta變異病毒入侵，稍有輕忽就可能再度爆發，因此仍應步步爲營。最後借

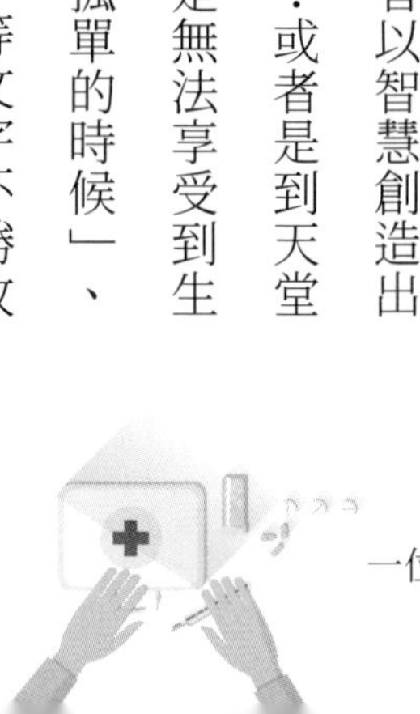

用張醫師的一段話作爲結語：「追求健康改善醫療服務是人性最大的共同點，不管是在台灣，或者是在越南，我們有很多要繼續努力。」期待疫情災厄早日遠離，人類重新恢復秩序。

—推薦序—

永續仁醫的實踐者

翁素蕙董事長／世界華人工商婦女企管協會華董分會創會會長

當新冠肺炎在世界各國蔓延初始，台灣立即採取嚴格防疫，人民得以安康！而近鄰日本，雖爲醫學和公衛亞洲先進，亦發生大阪醫療物資嚴重缺乏、醫院內護士拿雨衣當防護衣的急迫困境！當時張武修醫師剛成立全球臺灣醫衛總會，得知日本的災情，急求台灣防護衣廠協助，而當時衛福部已限制所有防護衣出口；清晨六點多他急電號召幫忙匯集輕薄特殊雨衣，幾個小時一萬多件整備，張醫師親自驗收，很快就送達日本大阪市政府和好幾個醫院，幫助困難中的醫護人員和病人；他以醫者仁心救人焦慮和堅強的執行意志，在往後更多的場合，經常感受到他不顧一切助人的赤子之心！！

今年三月張醫師擬放下台灣幸福的家，前往越南時，雖感佩他的正向能量，卻也擔心他在越南，面對嚴峻疫情，自身安全健康保護的問題！果然，一到越南，疫情大擴散，張夫人屢屢勸他回來，然他堅定地說：醫生不能在病人最須照顧時離開。這種情懷著實令人感動！七月我在洛杉

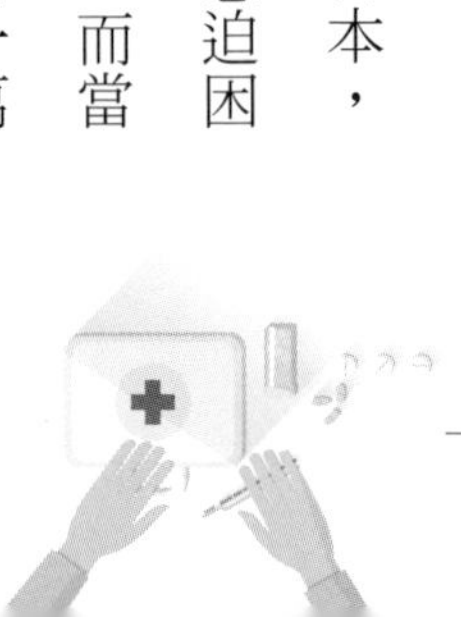

磯時又接到他的來電說，越南缺乏抗原快篩試劑，許多台商懷疑感染後困在工廠宿舍裡，急需物資援助，很快地張醫師整合上千人份的快篩急送越南！身爲朋友，我們敬佩他不僅是醫者，更是永續地球村的實踐者！

這本書記載了一位古道熱腸視病如親的醫師，深入醫療相當落後的越南，在最困難的疫情中，身心煎熬地幫助病人，文中看到最美的風景：善良的心。在台灣疫情中我們相對是幸福的！而張醫師正努力者繼續前進，實踐他以醫者仁心，行腳天下的願力！祝福本書暢銷！！

—推薦序—

全球衛生的在地實踐

詹長權／台大公共衛生學院教授／堅韌社會再造委員會亞太中心國際顧問委員會主席／Chair of the International Advisory Board of the APAC Hub REFORM for RESILIENCE

武修這一本札記式的《越南醫記》故事豐富、讀起來很有趣，特別是在百年一見的新冠肺炎全球大流行之際（Covid-19 Pandemic）讀來特別有親臨感，在書中可以看到一位全球衛生的政策倡議者如何在全球衛生重要場域—越南，實踐其理想的過程和努力，是有志成爲世界公民的人可參考的經驗。書中詳細記錄下他在越南台商經營的同奈省震興醫院的國際醫療經驗，例如：越南如何診治當地盛行的登革熱、現代文明常見的癌症和慢性疾病、新興經濟國常見的外傷急診和外科手術……等，讀者可以從中了解越南醫療照護制度對病人、醫護、醫院比較特別的地方。

這一本書中很大部分在分享越南在對抗新冠肺炎全球大流行上的經驗，武修從醫療現場到

個人檢疫隔離經驗，報導了疫情嚴峻的越南如何在疫苗不足、防疫物資有限的情形下，努力控制疫情的進展，其中還夾雜台灣人染疫後無法更好醫治的無奈和懊惱。健康除了受生物因子決定之外，更是受到社會經濟政治決定因子影響，他在越南的在地實踐，正在眞眞實實體驗這一條國際衛生的基本原理，如何影響一個族群和一些個人的健康狀況，和所可能獲得的醫療照護。相信這個經驗對於他在論述全球衛生議題時，更爲踏實有力。

他到越南這一個行動，本身就是值得許多人參考借鏡的行爲。在哈佛公衛認識武修起，就發現他是一個行動力強、彈性大、適應力佳的台灣人。隨這興趣、想望、需要都願意去嘗試新事物、新工作，而往往也能成功。他曾說因爲認識我，才沒有留在美國，和我一樣拿到博士學位回台灣「貢獻」，在國立大學任教研究。因爲想開拓台灣國際空間，拉他一起到醫界聯盟開啟台灣加入世界衛生組織運動，年復一年到全球各地呼籲讓台灣加入世界衛生組織。因爲核能安全，一起投入輻射屋的科學研究、社會運動、國際聯盟，解開低劑量游離輻射的健康影響之謎、讓輻射鋼筋受害者受到部分的正義。武修總能在一次次國家社會需要時站到第一線。離開教職到日內瓦、布魯塞爾做國際衛生外交，甚至進監察院實際從政、離開台灣到越南工作。像他這樣子豐富的人生經歷和專業轉換，在歐美國的醫藥衛生專家很常見，在台灣醫界很少有。讀者可以從《越南醫記》一窺武修這一位多采多姿人生的一個片段。

—推薦序—

他到越南彈奏天使樂章

賴文福／台北醫學大學／
雙和醫院教授／台北愛樂管弦樂團團長

一九九〇年在哈佛做研究，一次晨跑中遇到了武修，從此結緣三十多年，同爲人文的追求者一直有著密切的互動。

除了多方面的才華，又熱情洋溢，他經常同時推動許多大事。如最早一九九八年在日內瓦推動參加入WHO運動，也有實際成果，雖然後來官方並沒有他的貢獻的報導，他也不抱怨，因同在北醫任教，了解他如火如荼的推動北醫國際化，簽了一百多個國際學校的國際合作備忘錄。武修的熱情現在燃燒到了越南，半年多的披荊斬棘，將醫院的行政系統整合建立，發揮最大的效益。

越南醫記全書90餘篇札記，從剛到越南被隔離的初體驗，到了解越南台商醫院不一樣的管理方式，以及對各式各樣疾病及病人的描述。再加上國情不同，社會的氛圍也不一樣，不同篇的札記經常提到越南人熱情洋溢，也記載著越南不同的國家醫療規範和法規的差異，又肩負著醫者的價值觀和關懷社會使命感。當然新冠病毒疫情的報導以及醫病關係的探討是本書的核心，處處流露出多元文化的精彩，值得再三品嚐細讀。

—推薦序—

愛在西貢河畔

張文亮／台灣大學生物環境系統工程學系教授。
多次獲得金鼎獎，著作包括《用心點亮世界》、《河馬教授說故事》、《法拉第的故事》、《誰能在馬桶上拉小提琴》等。

疫情環球蔓延的時候，許多人的想法是如何自保？但是，這時有台灣的醫生，遠赴國外，去那裡幫助人，怎麼會有這樣的人？怎麼會有這樣的舉動？怎麼會做如此的抉擇？這本書就是這樣的實例，證明疫情是給人顯出彼此相愛的舞台，給某些人在黑暗時，可以在一角點亮一點燭光。疫情給人顯出人心的冷或熱，人與人之間的疏離或互助。

越南是水鄉澤國，河流很多，土地平坦，大都是水稻田，這種地方稻米與漁產豐足，但是滋生蚊蟲，排水不佳，長期以來公共衛生不佳，加上國家資源有限，許多百姓營養不足，社會福利分配不均，醫院與床位數目不多，瘟疫爆發，容易四處感染。張醫師這時前往越南，幫忙減緩疫

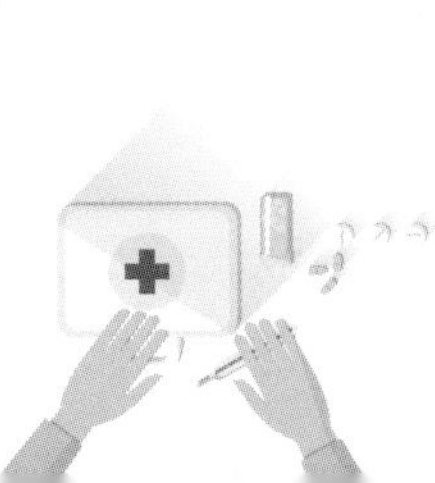

情，醫治在地人與華僑，實屬不易。

書中介紹越南台商建立的震興醫院，多篇提到醫院的醫生、護理人員、翻譯人員，與淸潔工等，非常有意思。一般媒體喜歡報導外國台商爲本國賺多少錢，而非台商在外地蓋醫院幫助人。這醫院不只代表醫病的地方，也代表台商在外地不是祇爲賺錢，而且願意關懷在地的人，與其他離鄉的人，是個典範。

近代流行「網路看診」，或是「跨國視訊看診」，以爲可以省去醫生的長途跋涉，前往外地看診的時間。這本書充滿了張醫師到越南看診，醫生與病人，病人親屬的關係，證明網路看診是臨時性，而非長期與眞正的醫學行爲，眞正的醫學行爲，是帶著醫生—病人的關係。

書中有些疫情時期，跨國的醫藥、設備支援，這是很有趣的主題，由台灣送去越南支援，不帶政治的好處，沒有市場經濟的好處，不需媒體的喧染，默默而爲，更顯醫學裡有著人性的高貴，與愛心的溫暖。

—推薦序—

如松樹一般——沉穩長遠，並爲身邊人帶來蔭涼、庇護、光明與希望

陳建亨／越南震興醫院執行長

上次收到教授的書，是張教授母親的畫作合輯，當時便對張醫師心中懷有的孺慕之情所感染。

張武修教授的個性與天性中帶著的使命感，讓身邊遇到他的每個人，與其緣分都能夠歷久不衰，源遠流長。

二〇一六年他到越南訪問震興醫院之後；教授便很積極地推動，與教授的緣分應該從當時就開始細數起：教授引薦了許多台灣的醫療人員，並且都是對偏鄉醫療照護有使命感的幹部，他們帶著在台灣受過完整專業訓練的才能與智慧，到越南這間全新的醫院擔任起督導與稽核的角色；我心中對於教授推薦而來的幾位醫事人員崇高的道德感與價值觀始終佩服；從他們身上，我看

到，推動國際醫療的核心應該是不分你我，即使兩國的文化與教育背景相差甚遠，但是只要人的核心價值是對的，不管哪一國人，都自然地對我台灣醫療品質與管理豎起大拇指。本地越籍醫師與護理師們，覺得本院聘請來台灣總管理中心幹部，無我無私的做事方式，讓大家可以服氣地配合、並且願意長久在本院服務，學習更多其他醫院接觸不到的文化與理念。

最近幾個月跟教授本人實際共事，更加深刻地感受到教授內心油然那股使命感、使他不感到疲累地去推動所有需要他的人事物；而他豐富的人生經資歷，使他自信佈局、使他推動運轉不息；他堅定地明白自己可以爲這個地球付出的工作，而從他不停下的腳步，在在證明他的決心。我了解到也許人眞的要愛自己的工作，才能夠在那個領域發光發熱。

醫師是不害怕疫情的一群人；教授是爲學生，爲病人，爲醫院作出準確決策方向的光明燈，每個人明白張教授的眞心，所以教授的舉措幾乎是一呼百應，無人婉拒。

這本書可以看到細膩的越南民情、可以看到教授對病人的耐心，讀完讓我也開始想拾起從前寫網誌的心情與習慣；醫療就是不斷的學習，人生也是，這次的疫情讓我們理解到沒有一個人是安全的，除非每個人都安全；沒有一個國家是安全的，除非每個國家都安全；也更加體會到全人類爲一體，公共衛生的重要性。

張教授，如松樹一般

沉穩長遠，並爲身邊人帶來蔭涼、庇護、光明與希望。

醫療是百年的事業，也歡迎所有到越南的台灣人，都可以到我們醫院看一看大家共同努力的成績！

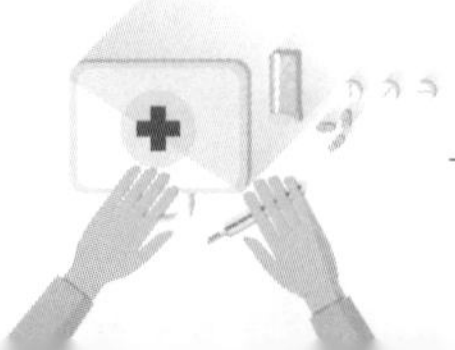

—推薦序—

台灣值得驕傲的衛生外交

羅文笙副教授 Vincent ROLLET／文藻語言大學歐洲研究所／法國現代中國研究中心副研究員

過去10年全球衛生治理面對當代衛生危機，應運而生新的機轉和策略，已產生新的特色，那就是，越來越多的實踐者（actors）努力落實全球衛生（health for all）。

在新冠肺炎全球大流行中，這些實踐者，不少積極參與國內，甚至投入國際的公共衛生；過去全球衛生的策略和架構，已經引導我們追求共同公共衛生目的，但是如果沒有願意獻身投注在地的個人，去追求其他人的健康，並且落實地方和扎根，這些策略恐僅淪爲空談。

這本書是關於這些實踐者中間的一位；我從認識張教授擔任衛生署國際合作處長開始，深知他過去奉獻一輩子於台灣和其他國家、在許多其他人健康上，例如在核能輻射健康議題扮演吹哨者，也積極帶領亞洲健康識能學會主席，代表亞洲和台灣參與歐盟的活動。

二〇二〇年當新冠肺炎席捲全球，張教授隻身前往越南和越南的醫療夥伴一起，面對這場全球衛生的危機，這本書是有關他勇敢的探險。

經由無疆界醫師般的雙眼，這本書展現強而有力，並且令人啟發的全球衛生治裡中，「（社會與社會間）社際關係—inter-socialités」間的重要性。

書中也確認了越南從一九八六年經濟改革（Đổi Mới）後重要的公共衛生進展，以及兩千年後國家醫療體系的提升。

本書中另外一個核心的議題，是關於亞洲區域間的衛生合作，尤其在亞洲鄰近國家間的衛生合作；如同聯合國前任秘書長安南在二〇〇一年9月聯合國大會中所述，在人類所有更好的未來上，唯一的途徑是經由「合作和夥伴」，讓國家間、和私人機構共同推動社會的學習和研究，而民間（civic）團體更是共同追求目標的夥伴。這本書指出了走向我們共同追求全球衛生道路的路徑。

當然這本傳記也指出台灣醫療衛生專業人員在世界上扮演的重要角色，尤其台灣長期成功的公共衛生經驗，產生許多這樣的實踐者；尤其在新冠肺炎全球危機中，越來越多全球衛生的主角已體認到，他們將是全球公共衛生治理無法忽視的夥伴。

這本書中令人驚訝呈現，即使有許多挑戰，越南在公共衛生上的努力，經由張教授的專業評佑和越南醫療機構合作，產生具體的成果，將是亞洲其他地區和全球衛生整體的範例。

台灣應該值得驕傲有這樣的健康大使！

一推薦序一

10年越南的生命科學之旅

楊文選 (Duong van Tuyen)／台北醫學大學營養學院助理教授／越南在台專家學會副理事長／台灣越南資訊中心副主任

二〇一一年我離開自己的母國越南和在河內的醫院及溫暖的家庭，來台灣追求更高教育的機會，準備改變我的生涯；我遇到一位魔術師，他給了我到台北醫學大學唸碩士的機會，他持續鼓勵並引導我在二〇一六年陸續完成碩士博士學位；我持續在台灣發展，目前爲北醫大自越南招募培養，並成爲正式教職員的第一位越南老師。

朋友問我獲得博士之後，我可以到那裡、和下一個歷程、最遠將抵達何處？我努力地脫離這位魔術師美麗的花園，並且往深邃的宇宙飛翔；我和張教授仍然在許多沒有預料到的地方相遇，啤酒、起司和更多的研究。

爲了回謝他的魔術，我引導他到我的國家越南，沒想到他竟愛上越南，並且在二〇二一年前

往胡志明一家很有名醫院，當越南最需要國際上的醫療專業共同開發衛生事業的時候，他聽到遠方的呼喚，沒有猶豫地前往；他還有很多可以分享給你的意志和方法，這本書應該只是他在越南的第一章。

2016年在海防醫藥大學和張教授一起舉辦第四屆亞洲健康識能大會

自序

二〇〇九年從歐盟外交工作告一段落回到台灣，有幸持續參與許多國際醫療衛生研究計劃，雖然並非代表政府從事國際關係推動，仍然想嘗試許多國際醫療的夢想，包括一個不太實際的計畫，有一天去非洲行醫；朋友會問，眞的？什麼時候？

到台北醫學大學開始有機會進行另類的國民外交工作——國際學術交流，很快綿密地接觸東南亞的學者和學生，驚覺周遭國家和台灣的歷史文化有許多相近又可愛之處，對他們的好奇滿足了一部分到非洲工作的期待，何不先從東南亞醫療教學工作開始？往後連續好幾年一年好幾次不停地到越南、印尼、泰國、馬來西亞甚至哈薩克教學演講；二〇二〇年卸下公職後，忽然出現生命中難得的機會，找不出理由將這樣的夢想再三延後，當聽到越南的呼喚，於是就出發了。

和胡志明鄰近同奈省震興醫院的因緣起於二〇一六年一次越南訪問，商會熱心的謝明輝先生帶我到主體剛快完成、鷹架陸續拆掉的醫院大樓，當時並不完全體會震興趙總裁花了多少心血在峰迴路轉中，大膽籌辦了這個醫院，一年後訪問越南又見到他興沖沖地說著遠大的理想，加上不斷有台商在越南碰到醫療困難和不幸的消息，相信大家都耳熟能詳甚至聽得不厭其煩；但是眞的有人拿起鋤頭像愚公一般移動一整座山，趙總確實享有如此尊榮！

這一次眞的下海到震興醫院開門診看病人，擔任所有第一線醫療工作，是被震興努力打造爲台灣人在越南最可靠的醫院的決心，深深打動。在台灣我們較難感受應該有一所屬於台灣人的醫院，能照顧衆多海外辛苦經營的台商，不過如果要在東南亞建立台灣的價值和影響力，就需要震興這樣的醫院，照顧台灣人和照顧越南人。

這本書有點像札記，將半年來在越南的醫療工作所觀察，整理提供給更多有心到海外擴展醫療，甚至科技產業的朋友，對於在東南亞開墾數十年的台商朋友，謹作爲他們努力的見證；我期待未來將有更多有心有能力的朋友繼續往前開擴，無畏於病毒在整個亞洲和全世界持續不斷地肆虐。

假如我們能持續給遠方陌生和需要幫忙的人伸出手來，我們可能築起一座又一座的橋，也可拆掉一道又一道無形的藩籬，幫我們找到更寬廣的路。

感謝所有支持和協助個人多年從事國際事務的老師、朋友和學生，你們亦師亦友地鼓勵個人繼續跨界向前；感謝震興醫院同仁接納台灣醫師一起照顧許多病患，尤其Đạo院長和Son院長、Mai副院長、Tố Như主任，以及Trang護理長和我的助理Mary和阿茶更兼攝影師協助我；感謝每一位幫忙推薦這本書的老師與朋友，並提供許多批評和建議，這本書能將他們美麗的期許一起出版，更豐富了前往海外醫療的行囊；謝謝蔡玫玲女士的細心校對，和內人于婷和家人無止盡支持；謝謝您們，心感恩！

二〇二一年10月越南同奈省邊和震興醫院

推薦序

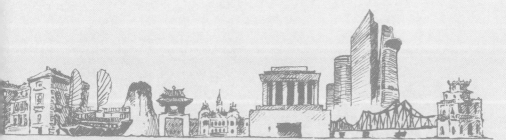

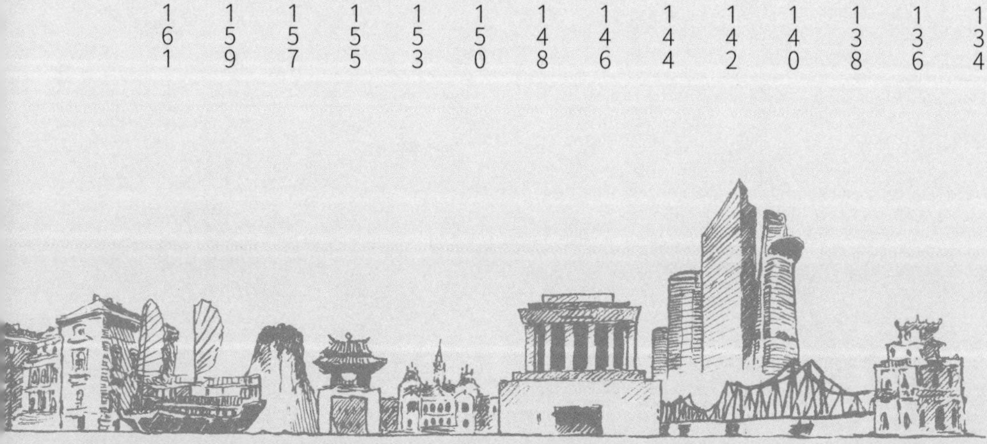

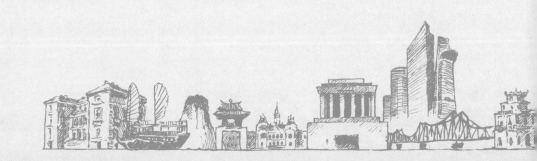

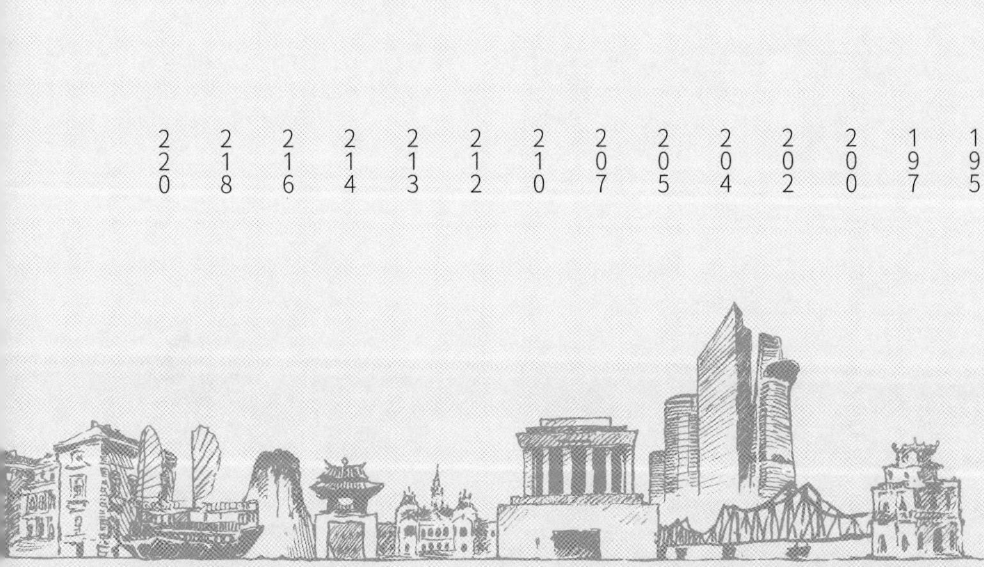

如何跨過黑水

疫情造成過去連續多年頻繁到越南交流合作完全暫停，但是我嚴肅地思考著，如何中止這場全球戰疫？面對全球疫情，每一個人有各自的生存方式，而身爲抗疫前線的醫師，有哪些選擇？越南胡志明台商朋友認眞經營的震興醫院，熱切邀請台灣醫師前往幫忙，照顧數萬名台灣家庭和其他朋友，似乎是走出溫暖的家到遠方的好機會！連續好幾天努力準備文件，和出發前擔心緊張的心情，在三月底的下午，從極低疫情歡樂中的台灣，由桃園機場飛往胡志明的旅程，一次演練到位！

胡志明機場到被指定的防疫旅館，已不像以前來訪可以自己訂巴士或計程車出關，必須等到防疫旅館派專人前來確認「點收」我，因此在等候室焦慮等待許久，看著同一班機抵達的旅客紛紛被接走，今晚會需要住在空空蕩蕩機場內的等候椅子上嗎？好久之後，出現了應該是接人的司機，胸前名牌寫了一個CHANG，但不確定我是他所要的人，他和華航地勤人員交談後，似乎確定要帶我走了，只好賭賭看，跟著他的方向！上車前他看了我只著一套不怎麼專業的防護服裝，示意我一定要穿上他帶來的全套藍色兔子裝，才願意開車載我，當然只好乖乖聽命，實際上也無法用越文和他討價還價。十幾年來訪問越南數十趟，每次都有越南朋友在機場相擁熱情迎接，這一趟像訪問北極，冷到不行！

胡志明雨後初夜，街道略顯冷清，比起昔日車水馬龍大爲失色，但仍有越南餐館酒後的喧嘩聲此起彼落；經過一個多小時車程，終於關進旅館，享受第一頓防疫晚餐；疫情沒有國界，病毒顯然橫掃全世界。

如果沒有離開溫暖安全的台灣，還蠻難想像這世界已經變得很不一樣！

在越南看後疫時代新興工業的起飛

今天是在胡志明隔離的第一天，早上接近八點旅館服務人員敲門，將今天搭配的早餐放在門口外邊小桌上，以後每一天的每一餐，幾乎都如此等待著敲門聲，從未曾仔細看過面目的年輕人手上，領到一餐又一餐，只見他穿著全套防護裝快速離去的背影；有一回，他習慣性敲門後，我好奇地想趕快打開門禮貌地感謝他的幫忙，卻把他嚇了一跳，他火速往後「逃走」，只容許我在走廊最遠處輕輕和他擺擺手，示意那是我的早餐，同時意味著，我不能靠近他，「這樣就夠了！」；然後見他快速地搭著電梯離去；往後我知道送早餐來的儀式，不方便也不該跟他說謝謝；負責看管的人緊張到如此程度，就像接近痲瘋病或狂犬病患一般。

早餐其實還蠻不錯的，在台灣忙碌的生活多數的人早餐很簡單，今天早餐是六顆水煎餃，一碗排骨清湯，搭配一紙盒豆漿，一般越南人的早餐都這麼豐盛嗎？隨後服務台用簡單的英文來電話說「medical」，我猜想應該是說要來做醫療檢查，一會兒大約10點左右又來電，提醒要戴口罩，不需要穿防護衣，我到了大廳，四周是黃色布條拉起來的警戒區，只有一位穿著全套防護衣載著全套面罩的年輕人示意我坐在椅子上，應該就是要做檢測，一會兒拿起棉籤，先從左邊鼻孔深入猛搓，我非常不舒服地流了眼淚，他將第一個棉籤塞到粉紅色的病毒傳輸溶液瓶子，接著又

在胡志明市的陋巷閉關兩週

拿第二個棉籤，和一個壓舌板，示意要我張開嘴巴，接著用相似的棉籤深入口腔深部，再次感到極度不舒服，不發一語就示意可以離開了，把我打發走；我看到他將兩根棉籤棒塞到同一個病毒溶液瓶子！我覺得很好奇，在台灣出國前三天做的病毒篩檢，醫生只用一個棉棒從鼻子收集樣本；如果越南採取同一個人兩個位置的樣本，理論上測到病毒的機會應該比較高，是不是這個原因，先前有旅客在台灣測陰性，到了越南測到陽性？

胡志明市的防疫旅館應該是專門的旅館，沒有其他的旅客，每一層樓大約五六個單獨房間，偶而聽到隔壁住客比較大講話聲音，但是我們互不來往，也無從過問，應該是說，互不關心吧！

旅館按照三餐時間由穿著全套防護的服務生在門口敲門，經過一次不期而遇之後，很快我了解這裡的行規，最好等幾秒鐘後送餐人已經走遠，再開門將食物拿到房間內享用。

還好胡志明有幾位很好的朋友，早上用宅急便grab送來茶葉、咖啡、香蕉、蘋果和一些點心，眞的太感動；有一位朋友來越南經商進出多次，他笑說這次不同的體驗，像在監所的感覺。人生也像不同面向的監所，身軀行動自由受限制，得靠更多思想自由來彌補。

所住的房間雖小卻五臟俱全，整體還蠻乾淨的，我將地板輕輕擦拭之後，可以光著腳在房間晃來晃去；想照一張有趣的照片分享並不容易，窗外只是大樓後巷，布置了非常多分離式冷氣，越南工人用自由式像畫般吊掛，我發現一半以上是韓國LG產品，顯然東北亞寒帶的韓國工業，早已佈局在熱帶的越南！

疫情產生羅密歐和茱麗葉

早上看到賴清德副總統和帛琉總統的合拍，感到無比興奮，台灣的疫情從黑暗中逐漸看到曙光，也對這場疫情中喪失生命失去健康的幾百萬人感到惋惜，因爲有你的犧牲和努力，世界將走向更光明的道路！

在全球疫情未歇期間出國，這一次實實在在地走過所有跨國防疫的苦難；在台灣可說是世界上疫情控制最好的地方，這幾個月（註：二〇二一年3月）台灣已經習慣沒有本土疫情的平安和幸福，但是從台灣入境越南，越南是另外一個疫情控制跟台灣一樣好的隔壁國家，卻被要求經歷所有嚴謹的防疫程序，猜想因爲兩個國家的決策者忙著沒有機會實地了解對方疫情的發展，在自我堅強防護的信仰下，恐怕還未研究如何相互解封。

搭飛機前一天需要上網將一堆醫療防疫的資料向越南防疫署登記，最重要的是登機前幾天用PCR檢查病毒呈陰性的報告；在鼻咽腔用棉簽做檢查確實很不舒服，可以想見有多少人要經過一次又一次的檢查；到了越南之後立卽被當成極可能帶著病毒的危險人物，用密不通風的方式送到另外一個隔離旅館，從此14天不分青紅皂白關閉，不准離開房間一步；才在台灣和大家笙歌載舞悠遊自在出入毫無無拘，我也在醫院照顧病患；相隔一天卻有天壤之別；感受最深的倒不是隔離

14天的難堪，也不是越南的食物不好吃，而是台灣和越南兩個如此密切交往又疫情穩定的國家，因爲各種誤會而冷淡，加上對彼此疫情不信任，疫情被誤解，兩地的人的自由（或者戀愛）只能被冷漠處理。

抵達胡志明機場，同行的臺灣旅客各個包覆地密不通風
相對比越南機場人員超前許多

我和許多經歷過類似隔離的朋友都有共同的看法，「這個有需要嗎？」14天對很多人都是很重要的，難道隔離7天或10天就不行嗎？

目前隔離14天的政策缺乏充足實證科學的支持，和幾百年前從遠洋來的船隻和貨品必須放在碼頭14天一樣：如果運送的是奴隸或動物，14天的隔離可以讓許多已經生病的自然死亡，經過選擇身強體壯的才能活過來；過去醫學不發達的時候，14天隔離是被動選擇優秀個體生存的程序。

沒想到20世紀以來已有上百個諾貝爾醫學獎、人類基因分析、生物醫學進步，各國還沿用不夠科學不盡精準的方式，令人遺憾。醫學界要更加努力，淘汰過時的檢疫隔離，期待更精準、更即時、更可靠、和更合理的健康風險科技。

再次重申，並不是越南招待客人的方式不好，相對的在防疫旅館睡得好吃的太好，必須每天固定運動幾十分鐘，保持新陳代謝和生理健康，網路視訊也減輕許多隔離的沮喪和失落。可能隔離結束，說不定不想離開這小而安逸的窩；有可能邀請制定隔離規範的主管親身經歷，或許可想出更好的辦法！

清早的曙光漸漸照到窗上，願遠方的雞啼及時喚醒昏睡的人！

給我親愛的學生

親愛的同學，我想跟您分享；絕大多數我們的父母親比我們所受的教育都少了許多，卻願意在他們最辛苦的幾年讓我們有最多的機會去接受更高的教育，他們是在犧牲自己的福利下，送給下一代更多成長的機會。

現在台灣很富有幸福，因此我們不應該讓孩子們比我們所受的教育更少；我們應該謙虛地認爲我們自己受的教育還不夠，我們下一代要比我們更強許多才好。

＊有些想法在越南特別有感。

『第六天』

「上帝看著一切所造的都甚好。有晚上，有早晨，是第六日。」（創世記1章24—31節）

今天剛好從台灣到達越南，關在胡志明不知名的防疫旅館第六天；感覺已經忘了天空的顏色，也不記得小鳥飛過枝頭發出啾啾的聲音，更無法看到太陽從山丘冉冉升起的光芒，或月亮在孤獨的夜空低垂的笑容。

上帝在六天內造了天和地上的一切，同樣的六天，關在防疫房間，越顯得孤獨渺小。

只熟悉早上約莫7點30分，接近中午12點，以及窗外逐漸暗黑之後，固定有旅館的服務生在門外小桌上輕輕放置食物的聲音，然後不耐煩地敲門，料想他急著打算離開，雖然仍然有忍不住的衝動想跑到門口、打開門，跟他說聲謝謝，或想像能與他擁抱，像一個人和另一個人身體接觸，每回都按奈著，「不可把全身穿著防護衣的他給嚇壞」；感覺上像是住在伊波拉病毒的病房，卻仍然不願放棄做爲人與生俱來的自由；不過門外那個人比門內的我更擔心被感染的危險，只好聽從命令。幸好有胡志明幾位好朋友和醫院的同仁，隔幾天會詢問是否需要宅配補給品，造成房間廚房台子，擺滿了他們送來的愛心。

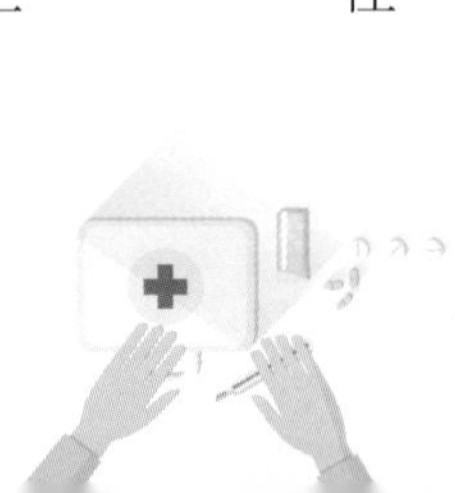

今天一位越南台商從震興醫院出院，爲什麼會認識這一位素未謀面的朋友？他幾乎在我到達胡志明的同一天下午，忽然間發生嚴重胸痛，趕到醫院接受治療，第二天醫院助理將他的心臟和血液檢查結果陸續地用視訊送給我，了解他的病情差一點有生命危險，我跟他通了電話，給他心理支持，鼓勵他積極就醫，把菸戒了，前後很多天遠距陪他完成重要的心導管檢查，幸好結果顯示他狀況尚可，只是長期一個人在越南缺乏保養，工作忙碌加上營養不均衡，等等；雖然不能在醫院照顧他，好像成了歌劇魅影那無法露臉的艾瑞克一般，陪著他經歷了一次生死旅程，能夠陪著他多天直到他恢復出院，確實爲他高興，我慶幸留在小小的旅館，繼續擔任劇場布幕後面不能出現的主角，爲下一場不確定何時開始的戲，靜靜地等待著彩妝。

「隔離期間」可以將身上可能帶的病菌，繼續繁殖到陪宿主同歸於盡，或是由宿主產生足夠抗體打敗病毒；假如隔離可以讓世界更美好，這將是美麗清晨前的黑暗；如果爭取自由是那麼珍貴，放棄自由而成就人群健康的選擇，應該更爲難得！

感謝所有美好的食物和所有關切的心，第六天了，一切的艱苦都會過去，僅有其中的樂趣會常存。

分享給所有正在苦難中繼續努力的朋友，你們並不孤單。

第七天

今天晚上九點（台北時間）公共電視台「台灣新眼界」特別跨境網路訪問「困境」隔離第七天的張醫師；很高興分享在越南所感受到的逐漸解封的溫熱，歡迎上網指教[1]。

可能是第七天剛好中場，同樣閉關在附近旅館的台灣朋友也特別來電加油傳Line給讚，像相憐病房的朋友一般；突然旅館服務生今天午餐提供冰淇淋和義大利麵，眞的感動！好像時間變快了，才記得上午陽光從陋巷中的窗戶走進來，這時候它已經換班，下班去玩；掌握著每一分每一秒關閉的身軀，想像著遠方快樂自在的小鳥和朋友，等候與期待，奇妙無比！

1 https：//tnv—taigi.pts.org.tw/Video/237#Guest

在胡志明上台灣電視節目雖然遙遠卻親切

隔離的好處？

進入第十天的隔離，應該分享一點隔離的好處。

類似主動放棄自由的行爲，人類應該不是最先進的；鳥類爲了孵卵，動物爲了保護幼小的下一代，都會用限制行動來進行隔離；一般人入伍當兵接受嚴格軍事規定，放棄個人自由，保護國家的獨立自主；進入闈場出考題也會遇到嚴格隔離；太空人在天空，潛水艇服役的水手，應該都會經過類似超長的隔離。歷史上有許多自願隔離的偉人，釋迦摩尼佛和許多修道出家人，他們選擇隔離創造智慧和領悟；一六六五年至一六六六年英國發生黑死病瘟疫大流行，牛頓被迫離開劍橋大學避險前往伍爾索普鄉村隔離讀書，等疫情過去回到學校，發表了地心引力等重要研究，後人稱這兩年「奇異之年—Years of wonder」。

隔離的好處，包括將外界許多不必要的聯繫阻斷，以防疫而言，外面的人怕你傳染他們，寧可躲地遠遠保持距離，直到你被證明沒有發病爲止；隔離時接受三餐定時招待，負責管理受隔離的人怕隔離的人營養不夠，萬一眞的生病有大麻煩，因此定時準備豐富餐點，很多朋友聽說你被隔離，馬上送來大量食品，一方面安慰，一方面幫忙補充營養，預防隔離不下去，超前部署；隔離自然減少許多不需要的應酬，一些平常不易拒絕的邀請，現在因爲防疫優先，很容易就說服想邀請的人；嘗試打擾的人，也怕加重被隔離人的消沉，打消念頭；一些不甚有趣的人際關係，剛好可用社交距離的理由淸掃而去；隔離減少了與外界接觸，也大大降低沾染其他病毒和微生物的感染。

少有人知道隔離人的面目，自然減少化妝穿著西裝筆挺打扮的困擾；隔離博取許多外界的關心，只因爲多數人不願意經歷這樣的不自由。

隔離當然滿足了要求隔離的人；被認爲幾天之後你的病毒會完全不見，或者你可能已經不見；多數被隔離的人被視爲不受歡迎的人，爲什麼他們不好好待在家裡就好？假如乖乖在家裡不要出國，不就沒事？

隔離也眞的有難得的好處，我們的靈魂總有孤單的時候，尤其當人要從這一世轉進下一個輪迴，猜想都必須經歷類似或是更苦悶的隔離，在那深黑的地底下，或者幽暗無界的宇宙中，應該只有自己一個人，或者自己一個孤單的靈魂，其他的人和喜好的事物已經都遠遠離去，七情六慾也早已失去價值，應該就是眞正的隔離。

隔離是一種磨練，一個過程，也是必經的程序！

遠距搶救一位醫師

已經數日旅遊途中的筆電頻頻出現微軟警訊，雖然還能操作，但是先前也曾經短暫發生類似問題，擔心萬一在隔離中爆胎，豈不前不著村後不著店死當？果然上午筆電完全喪失文字輸入功能，怎麼辦？

幸好過去和台中燦坤工程師建立長期關係，只好硬著頭皮用Line再請幫忙；今天在台中應該是假日，阿吉卻如過去一般很快回應，輕鬆地回答「可以把電腦再拿來店裡處理」。人在胡志明，他有心相救，遠水如何搶救近火？

不到1分鐘，阿吉指導我下載一「任何桌面軟體（anydesk）」，於是就在遠端按照他的指導，下載之後，點選「同意」他從遠距修正操作，隨後整個筆電就像在他完全掌控之下一般，任由他遠距修理！阿吉在台中可以直接操控胡志明旅館裡面的筆電，眞的不可思議！3分鐘後，他用Line回答說好了，果然就把胡志明旅館內微軟的問題解決！好像美國太空總署的工程師可幫忙太空梭上的飛行員修理微波爐一般。

台灣的資訊人才眞的太優秀了，有這樣的know-how幫助一位LKK在海外急救他的電腦，我們眞的能發展遠距醫療！

至於這位帥哥阿吉，打算回台中之後請他到好餐廳牛排致謝，如果有佳人有意認識，絕對可以幫忙推薦。【非廣告；經阿吉同意後跟大家分享】

0520寧靜戰疫

今天剛好是520，找出一張塵封許久的照片，是二〇〇三年5月20日在日內瓦一個小餐廳所留念，那一年剛好SARS在亞洲爆發，我從二〇〇二年11月奉衛生署派到日內瓦服務剛好半年，逐漸熟悉聯合國和世界衛生組織運作的眉角，也已認識組織內不少要角，剛好世界衛生大會即將開始，國內衛生署剛上任擔任救援投手的陳建仁前署長，率領當時長期支持國際業務的藥政處蕭美玲處長，科技司許須美技監，國合組阮娟娟組長，當時也邀請在北體大的黃月桂教授，特別從波士頓專程過來指導的哈佛大學免疫病毒學權威李敦厚教授，以及從馬拉威萬里專程飛來的陳志成衛生組長，其中還有當時擔任國安會諮詢委員的高英茂教授。特別選這一張照片，趁機回顧如何開始對跨國醫療的興趣。

二〇〇三年SARS給台灣長期享受尊榮富貴的醫界嚴重深刻的打擊，幸好在李明亮署長和許多醫界先進的努力下，在那次大浪襲台時，除了奠立許多嶄新的規範，加上陳建仁前署長的領導和許多衛生署同仁的努力，功不可沒，成就了16年後台灣在新冠疫情來臨時能堅毅不搖。只可惜台灣和世界衛生組織仍然無緣常聚，老是和世界衛生大會擦身而過。我從當年學徒在日內瓦前線戰場匍匐前進的步兵，轉戰到開發中國家從事第一線醫療，持續學習。

前不久台灣東部發生台鐵太魯閣號事件，幾乎打垮了整個台灣在世界上辛苦爭取成爲安全美麗、舒服良居的國際美譽，也必將打亂交通部內許多官僚文化和台鐵的疏失，期待台灣的交通事業發憤圖強，從跌倒的地方再爬起來，徹徹底底地改善。也盼望五月卽將到來的世衛大會，台灣的專家們繼續努力精進；不管世衛如何無情於台灣，我們醫療衛生的成就，必能分享給全世界。

2003年日內瓦世衛前聚會（自左至右）許須美技監、高英茂次長、作者、黃月桂教授、陳志成醫師、阮娟娟組長、李敦厚教授、陳建仁署長、蕭美玲處長

14天隔離畢業——選擇福音挑戰 The Jerusalema Challenges

二〇一九年秋天開始的新冠疫情造成全世界的分裂和人群的隔離，此刻人類如何彌補病毒留給我們的傷痛？

病毒剛開始流串還未深入到非洲之前的二〇一九年11月，有非洲安哥拉的音樂舞團Fenómenos do Semba訪問他的南非朋友，並推出這一「福音」般的舞蹈歌曲，再加上南非約翰尼斯堡音樂家Master KJ創作電子音樂，一下子將非洲鄉間隨興起舞的音樂，瞬間傳遞到達歐洲，尤其是奧地利、德國，瑞士的許多公司學校警察和軍隊甚至航空公司紛紛練習，並且分享在youtube上，創造出這首在二〇二一年初全球上億點選的心靈慰藉；「Jerusalema, ikhaya lami」原來的意思是Jerusalema is my home—耶路撒冷是我的家。

爲了紀念這一次14天閉關隔離鎖居，每天都在小小房間內運動健身，努力保持身心的健康，每天韻律運動；邀請大家跟上新世紀的Jerusalema的腳步，一定要練習看看，步伐不需要正確，字句也不需完全跟上，但歡迎分享給你身邊苦難哀傷中孤獨承受災難中的朋友，我們很快就可回家！

爲什麼草是綠的，天空如此翠藍

傍晚終於獲得本地衛生局核發無感染證明，好像已經在起跑線後方等待多時的選手，聽到槍響奮力向前跑一般，毫不遲疑卽刻離開旅館，頭也不回地搭上醫院派來專車，忽然間覺得外頭的空氣無比舒暢，樹上的枝葉難以形容地翠綠，天空閃爍著如水晶般的雨滴，這種自由的滋味眞的令人興奮狂放；我跟內人寫著，能夠出來眞的很感恩，眞是很難得很難得的經驗，我希望以後面對這個世界，只想去看漂亮的、美麗的、和光明的，那些黑暗的、醜陋的、不完美的，將盡量不去理會它們的存在，不再傷神去想它。

隔天一早醫院交通車已來接前往胡志明市近郊同奈省震興醫院。

大約六年前第一次來訪震興醫院，只有水泥和鋼筋的大房子，今天已經站立在這片大地上，爲同奈省3百多萬人，和胡志明近郊的民衆服務；當年趙老闆發下宏願希望回饋越南減輕病患疼痛，沒想到他已實踐心願逐步落實！

醫院會講華語的同仁阿妹很快帶我到各個部門去拜訪，有很多醫院的規劃和臺灣醫院管理很不一樣；醫院急診外面停著兩部救護車，提供給打電話過來尋求協助的朋友幫忙；越南這一帶因爲公辦急救系統尚未發展，打某個電話經常佔線，也多數是「自己設法」，因此各醫院自憑本

事；此外，因爲交通壅塞，急救車來去塞車緩不濟急，病患民衆多數騎著或用摩托車載著來急診較快；最關鍵可能是每一家醫院都人滿爲患，院內都處理不完了，哪需要再規劃急救車去外頭接病患？

剛好到了病房，有一位中國籍病人急著想出院，越籍醫師和護士無法和他取得妥協，快吵起來，順道幫他了解復原的規畫，醫病雙方很快取得和平共識；這邊有很多需要溝通學習的地方，就開始工作吧！

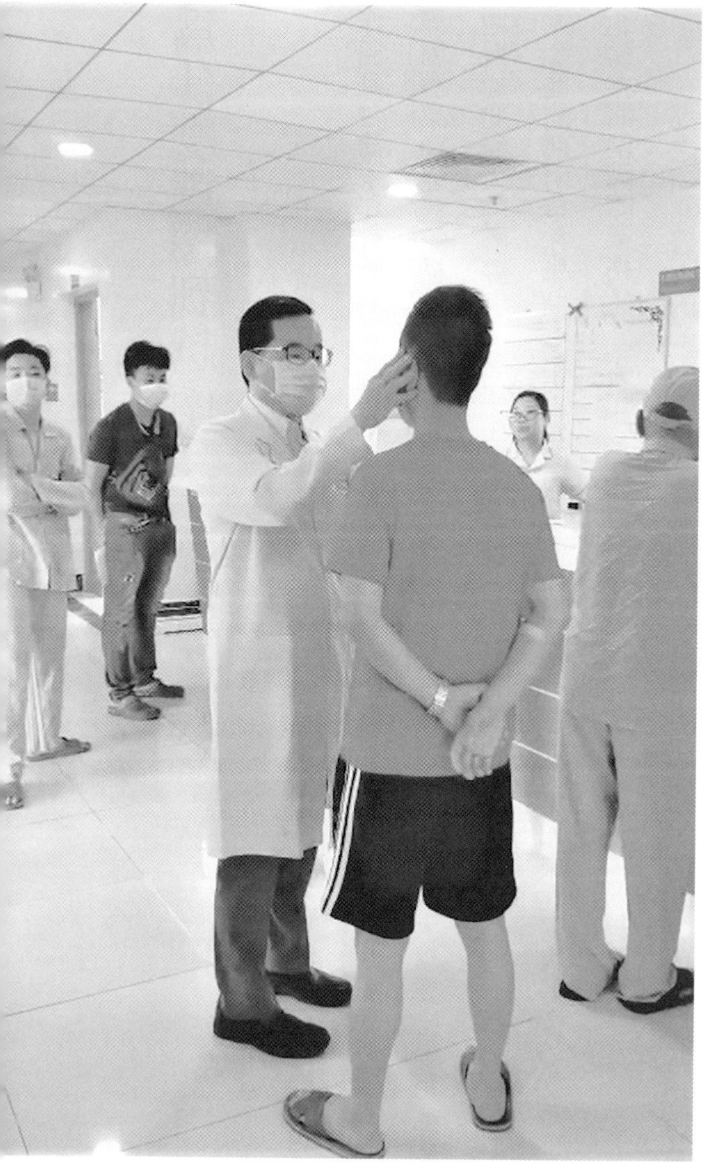

第一天查房照顧一位中國病人

爲什麼選擇到越南

二○○九年北醫大邱文達前校長邀我擔任國際長，剛剛結束在歐洲前後兩次四年的駐外工作回到台灣；年輕時到美國留學，我一直在美國和歐洲走得勤快，也只熟悉歐美科技文化，對台灣周遭東南亞國家極度陌生；到北醫大之後邱校長給我一項任務，大學要國際化成功，快速有效地增加北醫大的國際老師和學生；還記得一位從北醫大畢業的年輕學生曾問我，爲什麼要到北醫大？他的理由是在學校七年，校園沒聽過任何國際性活動；如果北醫大是國際化荒地，如何能在北醫大開創國際業務？

在那之前北醫大的國際業務或許少到學生抱怨；反觀今天的北醫大應該是台灣各大學國際化最成功的學校；不過在二○○九年之前，我的國際視野還相當不完整，包括對東南亞的了解少的可憐。

第一次到東南亞是在二○○五年，陪同衛生署侯勝茂署長到越南參加亞太經合會APEC衛生部長會議；我們以APEC資深官員身分抵達，在一個還頗簡陋的國際機場降落，越南政府派專車由公安前導，邀請國際貴賓到中部惠安古都開會，因爲SARS之後又有禽流感肆虐，越南官方很細心地安排了這些國際貴賓，參觀他們對付禽流感的努力；我們經過的鄉村馬路相當狹窄，似乎路邊還有雞鴨殘屎，到非常鄉下的農場參觀，換上全套的防護衣，穿梭在上萬隻雞群和它們的飼料糞便堆中，農場工人展示了許多防護措施；那一次部長級會議相當成功，侯署長在會上的致詞讓許多國家的部長和資深衛生官員印象深刻，我也獲得艱辛任務的完成滿足；因此當邱校長下了前面的指令，我第一個想到的國家，是當時唯一曾去過的東南亞國家——越南。

像許多對東南亞不甚認識的朋友一樣，認爲越南似乎比較近，機票比較便宜，「反正他們都差不多！」

我和國際處同仁很快就直接飛到河內，在越南最好的國立河內醫藥大學面試準備招收的研究生；事先我們準備好幾份臨時的入學許可信函，猜想這個將近1億人口的國家，必定有聰明但缺乏機會的年輕人；當天大排長龍將近百位應徵者，一直談到黃昏夕陽斜照到簡陋的教室；因爲優秀的相當多，我們從中極爲困難地挑選最合適到台灣接受獎學金深造的年輕人，唯恐有遺珠。那一趟果然意外豐收，成就了臺北醫學大學較其他國內大學開始快速招收優秀的外國學生，其中以越南最多；事後我才發現，非常多越南年輕人，壅擠在越南極爲緊縮的教育發展機會下，正設法出國去看看外面的世界。我在北醫大擔任教職，爲了校園教育資源國際化，鼓勵其他教授開設全英語課程，決定先自己開始，只開設英文課程，也可了解開英文課程給國際學生的障礙。

開學不久，令我驚訝的是，有一天上課開始到了教室，一位我還不熟的越南學生從教室外端了一杯開水，放在我的座位前面，並且用還不是很熟悉的華語說，「老師請用！」我不知道那個並非一般會話的用句，他事先練習了多久。

許多大學教授們應該像我一樣，很多年早就沒見過台灣的學生會做出這種和老師問好的禮貌；多數台灣的學生選擇擠在教室的最後端，上課時間到了懶懶散散進到教室，忙著他們還停留在教室外面的思緒，他們多數不關心老師上課的情緒，包括認眞準備的用心；這位越南學生大大點亮我對越南的興趣；如果有一天，我希望可以到越南學習這個國家的人民。十幾年後，這個好奇果眞實現。

震興醫院負責幫我翻譯和嚮導的阿妹小姐（越南稱呼小女孩例如「亞妹」就直接稱呼「阿妹」，直接稱呼名字），第一天就給我不少驚訝，其中之一是她在我看病人稍微空檔愼重地問我，有空可以建議我喜歡的花草類別，她可以幫忙買來放在我剛開始使用的辦公室！

我可能只是一位短期來和他們一起，想把醫療做得更好的外國醫師，但是她們提供了過去幾十年我在工作上周遭幾乎沒有人關心過的「小事」，就是我們是否曾經詢問新到的員工或學生或助理們，我可不可以買一束花，或者一兩個小盆栽，讓他們覺得在這邊的工作更加愉快，更加美好？

越南距離台灣並不是很遠，越南因爲過去戰亂而停滯了較久才開始發展，否則這個國家的資源，人民努力期待更好的生活環境，必定能將他們帶往更成熟更永續、也對其他國家的人民更關切和更體諒的大國前進。

比較西貢河和淡水河：何以西貢河船忙，淡水河無一帆？

醫院給外國醫師的宿舍剛好在胡志明市東北角靠近西貢大橋（Saigon gấu：念起來很像閩南語的「溝」）的越南最高地標81人樓區，遠眺西貢河岸，及向前延伸第51國道QL-51，很好奇西貢河千百年緩緩地陪伴著胡志明市這個千萬人城市的成長。

世界上每一個偉大的城市似乎都有有偉大的河流伴隨，埃及開羅的尼羅河、希臘雅典的伊利索斯河、義大利羅馬的台伯河，現今國際大都會亦然，倫敦的泰晤士河，巴黎的塞納河，紐約的哈德遜河等，比比皆是；就情感面，過去住過國外較久的城市像波士頓，念書近五年中，伴隨劍橋和波士頓兩個城市的查爾斯河，除了提供一九七〇年賣座電影《愛的故事》中的場景，至今仍讓許多年輕人生澀苦惱的研究生活，增添豐富的啟發和紓解；因爲人群和都市的起源常常和河川密切連結；河川提供以前人群移動和商業的動力，也增添城市的多元與生命力；胡志明市因爲有西貢河環繞，自古充滿了活力，不時有載著貨櫃的大船，也有觀光客飲酒唱歌的渡輪，突顯了這個城市的動能興旺。

記得有一回一位前輩搬到淡水紅樹林捷運站旁的高樓，特別前往探望，他望著淡水河美麗的出海口，那邊曾讓遠從加拿大萬里前來的馬偕博士，看一眼後說決定「就是這裡了」，願意從此貢獻他一生在北台灣的淡水，也幫了洪一峰先生譜了台灣千古名曲〈淡水暮色〉；今天的淡水河卻令人喪氣懷疑，爲什麼整個淡水河寬闊的河道卻連一條船也沒有？幾百年前從遠方福建或長崎過來的商業活動都和淡水河有關，淡水河除了創造萬華的榮景，甚至上溯到三峽和大溪；現在卻只剩死氣沉沉的水道和閘門！

西貢河只有250公里長，稱不上是有名的大川，況且環繞過胡志明市時水深平均不到20公尺，是什麼原因讓西貢河迄今仍然提供現代化的方便繁華的船運？西貢河不僅艷麗多變，更給我許多帆影印象。

西貢河的細細漫流陪著百噸貨船和豪華遊艇

雨季帶來的機會和疾病

到醫院的第二天，秘書一早安排去看一位登革熱的病人。

臺灣曾經幾次登革熱大流行，氣候變遷造成過去只在南臺灣的外來小流行逐年往北發展，已成全臺流行，但我卻尚未照顧過登革熱病患；去年臺灣開始旱災，蚊子變少，連續多年的登革熱流行似乎暫停了。

這位30多歲年輕人在臺商經營的越南國際大廠擔任工程管理，南越四月開始雨季，兩三天就來場雷陣雨，工廠宿舍難免蚊蟲增多。

喜歡戶外活動也有越南新婚太太的他已不記得有否被蚊咬，但四天前開始發燒，嚴重頭疼，

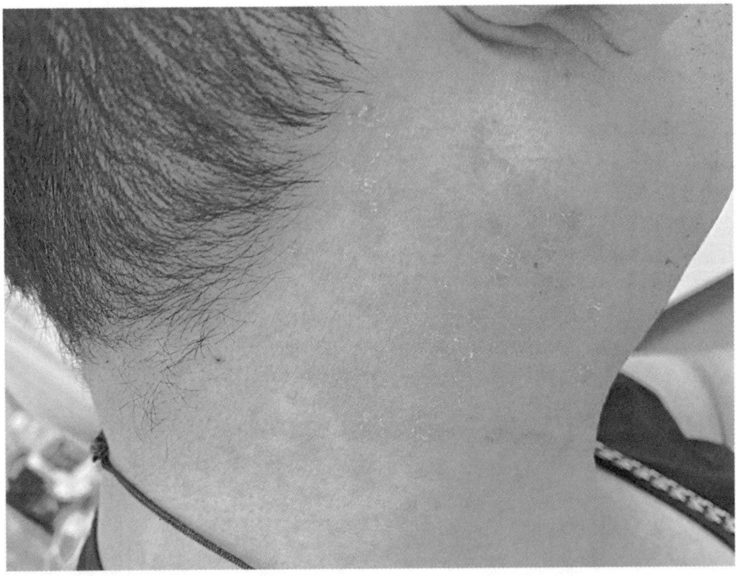

在越南遇到的第一例登革熱病例皮膚紅疹和淋巴腺腫大

遠比一般感冒嚴重，兩天前開始全身出現紅色疹點，昨天傍晚住院時，血小板已大幅降低而形成皮下出血，白血球也飆到正常兩倍；醫院的越籍醫師很有經驗，幫忙測了IgM抗體呈強陽性，加上登革熱病毒感染造成淋巴球免疫細胞上升，血小板降到正常的一半。我摸他的頸子兩側已變大又疼痛淋巴結，全身皮下紅點密佈，登革熱確定！

越南震興醫院據說過去診斷很多登革熱，醫師經驗豐富；來越南接觸的事務新鮮，活到老學到老，學涯無窮！

塞車學經濟——在QL51國家大道

每天早上從胡志明市前往震興醫院雖僅20多公里路程遠，卻至少需塞車50分鐘以上才能到達，路上塞滿各類大型卡車貨櫃車，無數的摩托車，少數私人轎車，怎麼會有這麼多貨櫃車呢？即使以前在台灣經濟起飛的一九七〇年代，印象中沒見過。

他們運送的多數是從平陽省和同奈省以及胡志明市的工廠所製造，從工廠出貨後整個貨櫃運到附近河岸或海邊的港口，其中一部分在同奈港口擠滿堆疊像積木一般各式貨櫃，準備著一車一車送往遠方的消費者和賣場，他們載著各種越南本地製造完成的產品，一車一車地往海外運去，也一櫃一櫃從世界各國運來初級產品，在這邊將原料加工；產品的一出一進之間，加入非常多的勞力付出，提供了多少工作機會，成千上萬家庭的收入，由百萬勞工參與加工和運輸，這些日夜不停駛的貨櫃車成爲全球的生命線，像身體裡面的紅血球和白血球一樣，帶著各類的民生用品，不斷地製造運輸消費。

因此這些成千上萬的貨櫃車將會繼續在這一條QL51國道公路上，和另外的許多越南的大馬路上奔跑，照顧成千上萬貨車司機，一個人一部數十噸的貨櫃車，從清早到深夜，照顧著上萬個家庭。

至於造成如此嚴重塞車，應該是這世界對這個小小的道路期待太多，對這許多開著貨櫃卡車的司機們，期望他們更快速英勇地、像奧運百米競賽般無畏地前進，像血球一顆接著一顆，銜接地密不通風，運輸著無數人體急需的營養和抗體，一刻未曾停止，這些年輕的男駕駛員爭取著任何有幾公分間距，蛇行鑽縫隙，伴隨著喇叭聲此起彼落，像鬥牛士般英勇地前進。

胡志明市人口將近千萬，緊鄰的省份也達到八、九百萬人口，吸引了許多從台灣前來奮鬥的年輕台商，像身體的幹細胞一般，在這個原本科技發展稍微遲緩的土地上，注入強悍的資金和技術，讓越南不斷地成長。

有個機會前往平陽省拜會台商蔡文瑞董事長，幾乎是平陽省第一臺商；30年前從彰化郊區和美福興鄉帶著夢想前來越南，現在已經擁有全世界佔有率最高的自行車座墊和自行車輪軸，全世界幾乎所有優質的自行車都使用他精巧、富有人性的科技座墊；他在越南埋頭苦幹數十春夏，成就了全球數一數二的精品和聲望，像很多台灣人來到越南一般，落地生根長得特別茁壯。

我爲這些臺商們感到驕傲，他們在世界上所佔有的經濟份量恐怕多數在台灣看不見，他們的成就伴隨越南的成長開，成就了全世界的經濟，必也是台灣之光！

爲護士阿棉辦的預產午宴

今天兩位秘書助手接近中午不約而同都提醒我，中午有一個特別的餐會，請我一定要留下來和大家一起共餐，究竟是什麼事？她們也沒有多講；到了現場才知道，原來眞的有一個午餐會，慶祝門診阿棉Miên護士即將在下個月預產，她即將離開醫院回家「半年」產假，回到她越南中部靠近古城惠安的廣治省家鄉；我問怎麼回家呢？有一千一百公里遠，至少需要搭火車兩天，因爲她已經足月，不能搭汽車，所以將由先生陪著她搭火車臥舖回到家鄉。

越南政府規定產婦有半年產假，而且是全薪的，眞令我驚訝！這個國民平均所得尚不及台灣三分之一的國家，對於產婦有這麼大的福利；相對的，富有但缺新生兒的台灣，恐很難算福利國家；在越南，若生雙胞胎，可多一個月休假，若是三胞胎，可多兩個月！值得台灣的決策者參考[2]。

午宴的內容精緻美味，用糯米塞滿竹筒煮熟的竹筒飯，香甜可口，餐後綜合水果還有甜點，冷飲也令人叫絕，越南人熱情洋溢的一面，淋漓盡致，她們喜歡聚餐喜歡party，且往後的party不斷；非常感謝醫院同仁利用機會也幫我甜蜜迎新，眞的意想不到！

2 https://www.vietnam-briefing.com/……/vietnam……/

爲護士阿棉舉辦預產假的午宴

異國熟悉的朋友

前往震興醫院的道路由胡志明市東北角跨過西貢河和湄公—同奈河Megong Đón Nai後，往正東邊沿著國道一直開到同奈省，因此在每天早上六點出發的路上，剛好看著太陽上升，覺得非常難得；上班路上看著太陽剛好要上班，幾乎一半的路程太陽在前面引導，接受了正面冉冉上升的力量！這個理應熟悉的朋友，偶爾人常會忘記它的存在，躲避它，畏懼它，整天躲在辦公室，當然更容易遺忘了它。

越南醫院的上班時間很特別，早上七點正式開始，因此六點前就必須從家裡出發；門診病人也都是七點陸續到達，因此多半上午非常忙碌，到病房看病人，看加護病房特殊個案，看VIP門診的病人和執行健康檢查，由於目前還沒有預約掛號制度，越南人似乎對預約還很陌生；一早病人和陪他們的朋友陸陸續續來到，整個上午忙著招呼協助；倒是中午像下了課一樣，所有的活動幾乎都停了下來，12點到1點是休息午餐時間，醫院準備精緻的越南餐點，只怕吃得太多；醫院幫每位醫師還準備了安靜的宿舍休息用，然後一點開始繼續忙到下午四點；四點後整個醫院大廳又靜下來，只剩下病房留著的病人和急診室有活動。

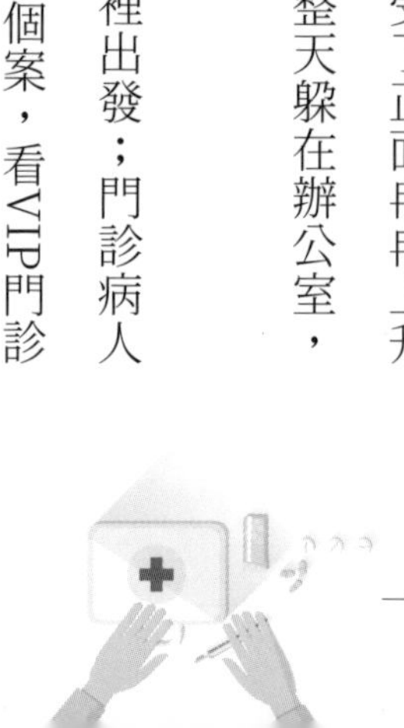

QL51國道迎著清晨太陽前進

剛來我很好奇，在台灣的醫院整天有忙不完需要照顧的病患，有的醫師門診中午一直到半夜，和這裡非常不一樣，越南同仁說這是越南的法規，一天工作8小時，就是要按照規定進行；這是社會主義國家和資本主義國家像台灣的差異嗎？

醫療的魂魄

有一個故事，那一年他27歲擔任台北市一家相當不錯醫院的第一年內科住院醫師，醫院的病人相當得多，值班的晚上忙得一塌糊塗，有時候一個晚上要處理好幾例食道出血，胃出血而吐血後、插胃管還要灌冰水；幫一打病人打上點滴；當時醫院有許多肝硬化或肝癌生病很久的病人，血管幾乎都找不到（或者已經被其他醫師打光）；洗腎的病人更是常常找不到血管，需要裝中央靜脈才能加上點滴；遇到值班的晚上，經常難得闔上眼睛，偶爾一點空閒回到宿舍，躺不到10分鐘，樓下病房護理站來電又響起；那時候很少覺得累，對於勞碌倒不至於抱怨，30歲之前確實極少覺得有那些是很困難。

不過卻發生一件令我難過事；一個老婦人心臟衰竭已到末期，她在美國的小孩和家人來不及趕回來看她最後一眼，老婦人告訴我她有一個最後的心願，她希望將遺體捐給醫學院，幫助年輕醫學生學習解剖；但是這家市立醫院並沒有醫學院，因此照顧她的護理師很爲難，除了照顧她最後呼吸和心跳，哪有空閒時間去安排她嚥下最後一口氣之前，妥善規劃她最後的心願？當天晚上這位年輕值班醫師自願和她在美國的家人聯絡，設法解釋清楚母親的決定，避免將來子女回來控告醫院。

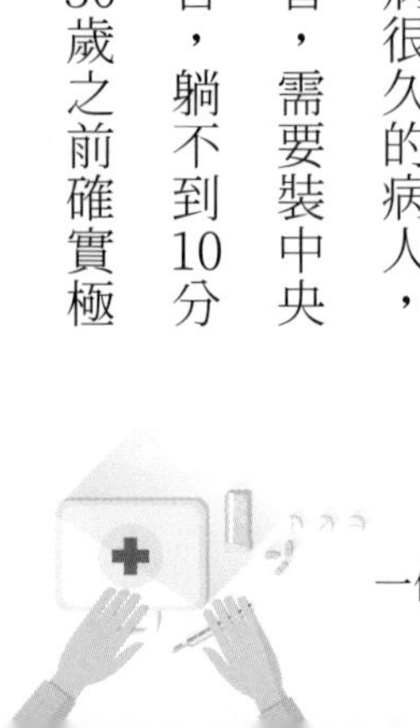

好不容易解決一個難題，接著是她的身體誰來接受？當時的六張犁一帶有一家私人醫學院，也有附設醫院，這位年輕醫師猜想，如果能安排從醫院進去，應可符合她的期待；但是打電話去醫院是否能夠接受，醫院卻說他們不接受外來的臨終病人！想盡辦法向醫院說明老婦人的心願，這麼點卑微的期待，爲什麼無法成全？他花了很長的時間打了好幾通電話拜託又拜託，仍然無解決方法；同事跟這位年輕醫師說，你已經盡了心力，「意思到了」就好了；但是他還是執意想說服那個附設醫院，直到對方醫院確實嚇到了，應該是覺得這醫師太無聊了吧！這類事和醫院收入無關，也和醫師升遷沒有幫助，簡直是一件毫無利基的事，爲什麼如此堅持？但似乎也說不出拒人千里之外的理由；經過很多天走完程序文件，

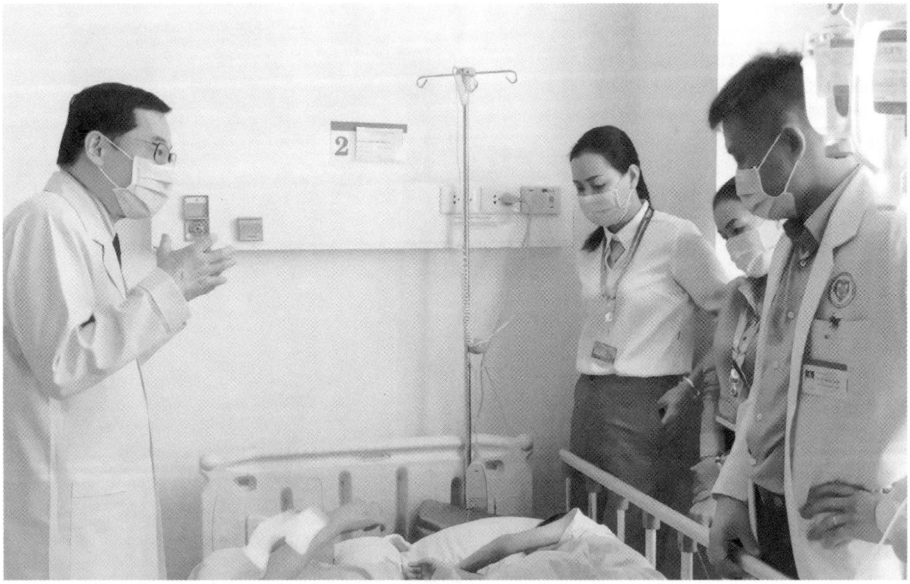

和越南醫師護理師一起查房，發現很多有趣的跨文化醫療議題

終於勉強算是圓了她的心願。

這件事已很多年，偶而還會想起那位老婦人要走之前的話；還好，沒有欠她這個小忙。

到了異國擔任醫療工作，不僅要經常面對各種在越南屬於較難醫療的疾病，還需要謹慎應付不同國家醫療規範和法規的差異，醫療人員和病人之間不同的距離（和頻率），以及不同國家醫療人員對於醫學科學的認知和經驗；醫師身為醫者的價值觀和使命責任；這是在不同國家擔任醫療工作所要面對的最大挑戰，可以做多少，可以堅持多久，和如何能全力以赴。

醫院提供第一道午餐越南河粉和九層塔

遠距有愛情

在台灣有很多耳熟能詳越南新娘的故事，但是故事的起源究竟如何？今天在胡志明與從越南到台北醫學大學獲得博士的越南陳醫師討論，讓我恍然大悟。

一九九〇年代末期越南逐漸脫離內戰的傷痕，一步步開放之後，誰是首先來敲門的外國人？台灣未婚的男性。

那個時候台灣經濟已經起飛，很多男性卻因爲臺灣女性自主和教育程度的提升，不易找到合適的對象，當時念小學高年級的他，家裡在胡志明市內開了三家小型旅館（據說在胡志明只有五、六家這一類提供相親服務的旅館），忽然間從台灣住進了好多外國人（其實就只有台灣人），在兩千年前後，經常有專業仲介所辦的相親會在這些小旅館的房間內舉行；他約略記得一次大約有五、六位男士坐在一邊沙發椅，然後一梯次有將近10位越南女孩被安排進到房間，幾分鐘之後這些越南女孩就被請出去，再換另一批十幾位越南女孩進來，如此五、六輪之後，台灣遠來求愛的男士一天可以看上將近百位越南女孩，並且可持續三天！如果有女孩被看上，房間內的男士就舉手或者前往登記，立刻在旅館的會客室有男士的仲介和女孩的仲介進行簽約付款，簽完約女孩很快就安排到醫院做健康檢查，通過後到台灣在越南辦事處進行簽證；男士辦完這一段，多數就回到台灣準備新房，少數較有愛心的男士，會跟著仲介和女孩到達女孩鄉下的家裡，很可能當下再付一筆錢幫忙女方家裡蓋個房子；就這樣，台灣男士高高興興地完成了終身大事求偶第一段，找到喜歡的越南女孩。

來求愛的台灣男士，如果在當時可稱爲「旅遊泡泡」三天求愛套組中，一時無法找到對眼的女孩，可再多付一點錢繼續延長賽；越南的女孩，她們多數從外地到達胡志明都會，也被規劃在附近較小的旅館住二、三天，如果女孩因需要非常希望被挑選上，可再多付一點錢給仲介，期待延長賽的奇蹟！

陳醫師特別強調一點，令我倍感訝異；**多數參與相親的越南女孩主要的目的，並不是爲了男人的聘金，在當時還極爲受限的越南旅遊管制下，那是她們唯一能夠出國打開視野開闊經歷的機會**；當年越南尚未開放出國唸書和商務觀光旅遊簽證，爲了她們的人生規劃，選擇到台灣是唯一的機會，至於是否因台灣帥哥有錢郎的魅力，並不必然；他認爲台灣男士或越南女孩看重的對象，有時候並不是外貌，有些看似極爲粗壯難說是苗條可愛的，卻也能雀中！

在台灣對於越南新娘毀譽參半，陳醫師認爲，九成以上越南女孩嫁到台灣之後都相當幸福，非常少離婚的情形，因爲她們參與這個相親會，是她們夢想出國開闊人生，機票和旅程的開始。

越南女孩隨著台灣情郎多年來到台灣，幫台灣生產了十幾萬以上的台灣新住民，灌溉了台灣族群多樣性，當年一批批到陌生胡志明小旅館的男士們，應該也開放了越南人的國際觀。感謝這些可愛的男士們！

梵谷陪你的早上

再次有拾起畫筆的衝動，如果讓人覺得存在有感，應該也很棒。

最近幾天經常閃過馬偕博士一百五十年前到台灣淡水行醫的景象，也有蘇格蘭的蘭大弼醫師在彰化開創了彰化基督教醫院，另外一位蘇格蘭前輩萬巴德醫師一八六六年僅22歲到高雄打狗擔任海運公司的醫師，他在高雄工作6年，後來幫助後輩Ronald ROSS醫師發現瘧原蟲生命週期和傳染途徑，獲得諾貝爾醫學獎，也建立了香港西醫書院、成就了孫逸仙醫師！

我覺得天上的雲彩正閃亮著這一些醫師前輩的足跡，多數並非困在白色象牙塔內，

梵谷清早曾來過

而是持續在他們的病人和病痛身旁；問題是後輩醫者如何跨越過前輩早已創造的世界醫療版圖？以前的安南，現在的越南，以前的西貢河，現在眼前這一條寬廣的水域；如果梵谷再次出現在河畔，應該會畫出不同的意象吧！

鄰居的小孩

越南的人口將近一億，雖然年輕的一代小孩子生的也不多，多數是兩位到三位小孩，但是他們有很多祖父母長輩還頗願意幫忙照顧小孩，這一些目前五、六十歲或以上的阿公阿嬤，曾經在戰亂中經過了多年，一九七五年越南統一前後有許多越南人紛紛離開越南，前往追求民主自由和更好的生活，留下來的經歷過北部越共南下的高壓統治，日子當然不好過，在內戰的困頓中，越南靠著上一代辛苦工作養活五個六個小孩，讓越南現在擁有非常多年輕人，這些年輕的勞力或者人口紅利推動這個國家往前，開創龐大的製造業，吸引國外大筆投資，讓越南這幾年穩健茁壯，積極追趕亞洲四小龍。

工作的醫院雖然是在胡志明市二十幾公里外的郊外，非常年輕的醫院卻能夠一年生產將近一千五百個新生兒，勝過台北市許多大型醫院，醫院的門診和住院也有許多小孩子，覺得再幾年台灣的小兒科和婦產科要來越南取經學習。

這位可愛的鄰居小孩，保母帶著毫不畏懼害羞地讓我拍照，這應該是越南年輕天眞執著自信的下一代吧！

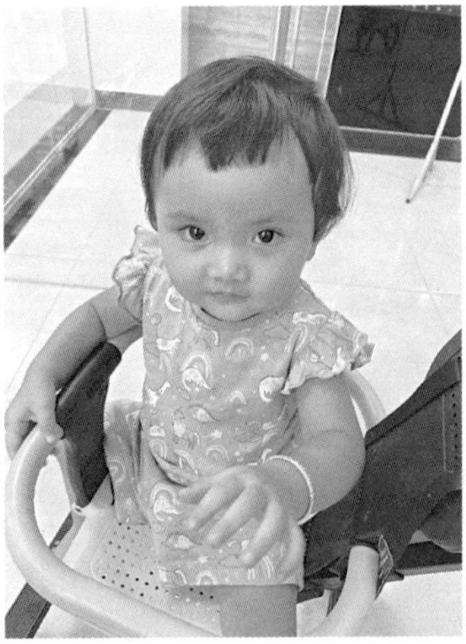

胡志明社區天眞的鄰居

地震般地相聚

剛到震興醫院一個星期，一個接近午夜的晚上，急診室有位從未謀面的女醫師玫伶在急診醫師群組上，說明一位剛剛到急診的病人，中年女性晚餐後突然劇烈頭痛嚴重嘔吐全身冒汗，到了急診之後發現血壓超過兩百，聰敏的玫伶醫師立即幫她安排腹部電腦斷層，發現左邊腎臟旁邊有一個接近拳頭大小的腫塊陰影，她進一步使用降血壓藥後，一下子病人的血壓就恢復了正常；婦人說這三個月來發生三次類似的不舒服，附近診所醫生給了高血壓藥就好了，所以一直當作高血壓治療；問題是之前從事家庭農村工作，從沒有吃藥，究竟是什麼毛病造成這樣地震般令人驚嚇的疼痛呢？

朋友中擔任醫師的是否已經猜到她的問題？

我和這位年輕的越南女醫師透過群組進行了數十次討論，我認爲她的診斷應該是對的，所以她很快就以懷疑嗜鉻細胞瘤pheochromocytoma（一種染色後看起來很髒有顏色的癌細胞）安排這位女士住院，經過血液跟尿液的檢查，確認腎上腺素分泌異常，加上醫學影像佐證，這個在震興醫院成立以來發現的第一個個案，在胡志明也應該是屈指可數，整個越南也未有太多發現和報告的疾病，由這年輕醫院的一位年輕女醫師在急診室的午夜找到了！

下午醫院院長非常慎重地邀請了內科、外科、加護病房、腎臟科、麻醉科，以及新陳代謝科從胡志明過來的大醫師們一起討論這個個案；院長說這是我們第一次這麼慎重地邀請全院討論一個醫療個案（全院討論會，眞的太棒了！），當然在確定診斷上還需要排除其他內分泌疾病，以及必要的基因分析，確認其他家族是否也好發，關鍵也包括如何妥善治療，以及手術治療後的維持；會中我很公開讚美了玫伶醫師的精明，能迅速發現這個其他大醫院也不容易發現的疾病，但是在醫院衆多大老們前面她卻顯得極爲羞澀，一句話也沒有說；反而由另一位和她同輩的男醫師獨攬全場。這大概不會發生在台灣！

地震和疫情讓人聚在一起，感謝上天今天讓我們醫師們能夠聚在一起深切學習，爲了一位鄉下的婦女所帶來地震般的病痛。

孫院長召開全院醫療個案會議

和平的歌聲

今天是越南統一紀念日Ngày Chiến thắng，應該有國慶日的味道，當然是紀念一九七五年4月30日北越軍隊成功地進入胡志明市統一越南，隨後幾年越南產生了急遽的變化。

這次長假之前兩天中午，醫院舉行了一個特別的宴會，由醫院幾個部門籌組了分組烹飪比賽，我和幾位醫院大主管被邀請擔任裁判打分數，秘書們早上就通知我一定要來賞光，幫努力的同仁們打氣加油，那不就剛好投我所好？！

總共有五大隊參加競賽，大家在歡樂興奮尖叫中進行，結果由中醫部團隊的佳餚獲得冠軍，另外每一隊也貢獻了他們最拿手的一道菜，提供給主管桌好好的品嚐；我從越南同事中逐漸了解他們做菜的哲學，

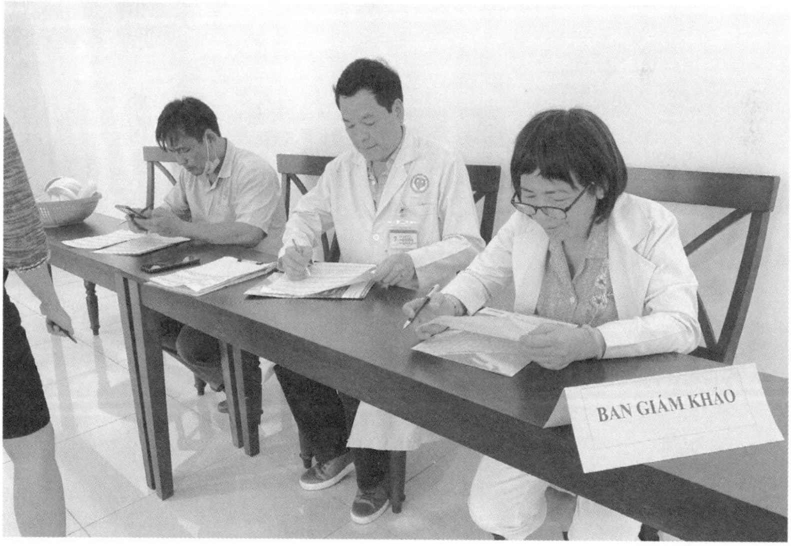

醫院主管兼美食比賽的裁判

越南菜當然以蔬菜爲主，有多元的蔬菜組合，因爲南方越南湄公河多水多雨的氣候，成就了他們蔬菜爲主的佳餚。

倒是越南人在終戰紀念日前先來一次美食比賽，在即將到來的喜悅中引入帶著希望的比賽，創造團隊氣氛，眞的別有用心。

下一次越南人邀請吃飯，可能還要再仔細研究研究，好讓美食更加吃得有味道！

在鄉野作上帝的手足

四月底越南難得的國定長假，越南朋友陳院長邀請一起到南部湄公河流域Mekong Delta參加一名學生的婚禮，剛好遇到疫情似要反撲的警訊，原本兩天一夜臨出發突縮短成當天來回，只好一早驅車出門，由他和其他學生擠一部車子往南，開了好幾個小時，一直到檳椥Bến tre省！

湄公河上游先穿過其他五個國家，到越南西南邊算是走到了最後入海的一大段，因此寬廣的水流慵懶地分成十幾條分流，陸陸續續從北到南分別注入南海，自古在南越的人就沿著河床兩邊生活，成家經營他們水上人家，和各種經濟活動；後來胡志明成為南方大城（約17世紀建城），原本沿著河流由西向東發展的貿易，為了避免繞道，從南往北的道路必須分別架起一座座跨過湄公河上的橋樑，因此胡志明到南方，不斷跨過許多大小橋樑，這些大的有四到八線道，小的甚至小到小包車尚需要有人下車仔細嚮導才能過河。

我們在往南的小路徑上，兩旁的人家偶爾就在面前舉手之遠；當到檳椥省Mỏ Cày Bắc市鎮時，在馬路邊一條很小的巷弄，忽然見到遠遠一座高聳未完成的教堂，我請越南朋友在路邊停車，我們害羞地走到教堂門前，看到有打掃和在屋簷下敲著石塊的志工，詢問他們，才知道神父也在教堂旁邊工作，我們將害羞收起來，見到穿著白色汗衫帶著小小眼鏡個子不高且瘦小的神父，我好奇地問，在這個到處都是椰子樹的鄉間，村民們忙著每天農業種植和運輸的工作，誰會關心他在窄巷裡面築起這座高聳的教堂？Xuan神父接近60歲左右，我沒有辦法理解他爲什麼花那麼多功夫，要建一座顯然超過他和這個鄉村財力的教堂？

神父告訴我們這個教堂名稱爲Nhà Thờ Ba Vát，意思是三個小村落之間的教堂（或是三一教堂，聖父、聖子、聖靈三位一體眞神的教堂！）教堂的每一個柱子和彎樑都是他和信衆們土法鍊鋼自修研磨的，他指著攤在深厚灰塵覆蓋地板上的畫冊，他向多位蓋房子的師傅學習，所以在地上堆放了很多木頭築起的凹槽和鑄模；他一點一滴每天不斷地工作，已經超過三年，看我一副狐疑的神色，神父微笑地說，他希望年底前應該會完成；他問我們有沒有興趣上去看看，我沒有印象曾經在一個沒有防護到處是不平的地板、坑坑洞洞的教堂鷹架間走過，神父輕巧的身影穿梭在水泥柱和鷹架間，我們爬到三十幾公尺高教堂的屋頂上，忽然前面樹林吹來一陣陣強大的涼風，在一片一望無際的椰子林的上方，我從高聳的教堂背脊，呼吸著湄公河水域上，像是從天堂吹來的涼風！

我到世界各國看過非常多的教堂，也參觀了很多大教堂裡面寧靜的祈禱和樂聲，但還沒到過一個沒有完成的教堂裡面，和眼前這一位瘦小的神父；他的每一天耐心祈禱和工作，三年了，教堂有了小小的模樣，雖然簡陋，卻在這個大地上，幫助地上的人可聽見天堂的聲音！

如果你還有三、五年，覺得還可以不用別人扶著你行走，願意像這位神父一樣，搭一個橋樑讓兩旁的人可以平安地走過去，讓在崎嶇不平碎石路上的車輛，平順的前進；幫塵土飛揚的地上雙手粗造忙碌工作的人們，聆聽到天堂的樂聲，你願意嗎？

檳椥省鄉間築起的教堂

前面只有一座小橋

胡志明最有趣的現象是到處都是車輛，醫院的同事問我，喜不喜歡越南？我的答案當然是喜歡，爲了滿足同事的好奇，我進一步解釋，每天他們都看到我的興奮和笑容，這就是喜歡的證明；

他們接著又問，你覺得胡志明市漂不漂亮？我的答案當然是，當然漂亮！他們又等我進一步說明，我說西貢的女孩子很漂亮，男孩子也很帥，不就是證明嗎！

這是我們在持續塞車的路上的閒聊，緊接著我跟他們說，胡志明塞車這麼嚴重，眞的非常非常的嚴重，任何時候幾乎是所有的道路時速10到20公里，明明只有20公里的路要走，卻要開將近1小時，並且隨時有非常多的摩托車汽車貨車大卡車陪著你的身旁，這是一個交通過度緊張擁擠的城市，某種層面，這些車子和輪子是平和浪漫、又悠哉和諧地擁擠或塡充在所有可稱爲道路的空間上，例如慢車道也可以有雙向並行，窄小的人行道也可以有任何車子巧妙地開上去，像打著躲避球的車子一般，大卡車也毫不害羞地在大馬路上婀娜多姿地搖擺前進，以及任何可能的舞步，想像著這個城市有一天或許會有捷運，高速公路，讓各種車子更容易行走的方式，各種可能性！最後我想，卽使胡志明市有這麼嚴重的塞車，我還是覺得這個城市很美麗，我很喜歡！假如有一天這個城市不用再這麼塞車，那會是什麼樣的地方呢？

這是上週末到胡志明南方經過許多非常小的橋的驚險狀況，因爲擔心，所以我們下來走路並且幫助車子順利通過小橋，一步一步地小心謹慎地走過那些小橋。

車子一步步小心地度過湄公河上極爲窄小的橋

如果要想跨過那困難的逆水

三天長假之後醫院的門診人數忽然大增，有可能是假期有許多疾病累積等待到今天才到醫院來；能夠爲越南的朋友們提供優質的醫療照顧，心中感到欣慰，但是我也提醒醫院的同仁，要確保醫療服務品質，避免像越南的許多大醫院讓病人擠在像菜市場雜貨店一般的環境；聽說有許多醫院的醫師和護理師相當容易發脾氣，對病人很沒有耐心，恐怕也是因爲病人過度集中造成的醫病間的緊張關係。

震興醫院和臺北市的震興醫院同音，但卻是完全截然不同的醫院，是在胡志明外圍許多臺商大企業，包括味丹、建大輪胎、台塑所在的醫院，是一個台灣企業震興公司投資的醫院，外國公司在越南成立醫院幾乎是難上加難，除了醫院許可證不容易取得，要招

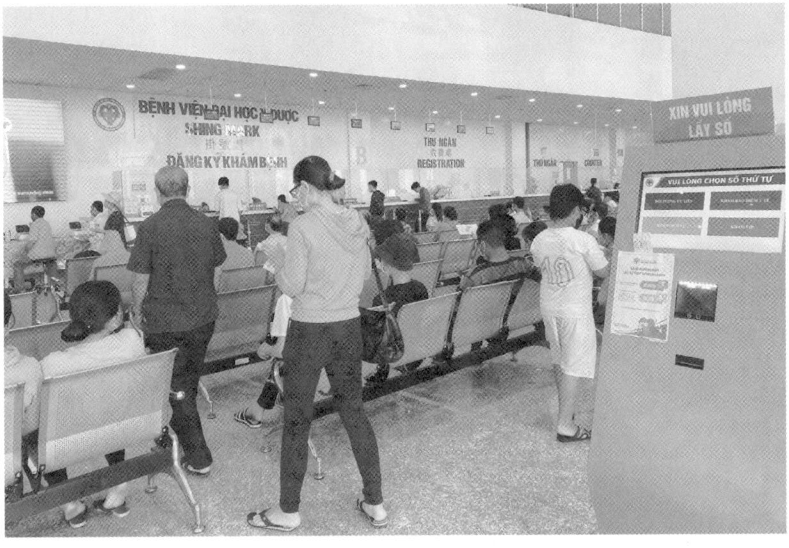

震興醫院的掛號大廳假期後擠滿病患

募優秀越南醫師醫療人員，更需要像魔術師一般的技巧；昨天中央社記者從河內來胡志明報導，只是冰上的一小點，希望大家有機會來看看，台商在這邊一步一步如履薄冰地前進，和他們流著的血汗！

搶救一位異國母親

母親節剛過的星期一早上，週末我持續擔心的事竟然發生，一位四川出生最近被派到越南上班的女士，一個月前懷疑得了登革熱，沒想到恢復之後開始腸道出血，到了急診室血色素只剩正常的三分之一，醫院的醫師首先注意到她嚴重的貧血，警覺地收她住院並且立刻安排必要的檢查，輸了血雖然有轉好，但是持續出血難以控制。胃部病理報告發現有乳突腺癌！一個隻身在外的母親，如果回廣州接受治療，現在疫情造成上飛機的困難，到了廣州隔離21天無法進到醫院，會延誤了病情，恐怕也撐不到隔離結束，如果搭國際救援專機至少3-4百萬臺幣，她也付不起，她還想能不能到台灣？雖然在必要醫療需求台灣或許可在醫院隔離檢疫接受治療，但是程序恐怕相當複雜，

爲一位診斷胃癌的異國母親召開緊急醫療會議

怎麼辦？

震興醫院團隊由外科部長、腫瘤科長、麻醉科等等召開緊急會議，決定給她緊急開刀治療，並且清楚地幫她分析三個選項的可行性和風險，這是我在這個醫院一個月來第一次看到這麼強大核心團結的醫療團隊，結合美國、台灣、越南和中國醫療的思維，我相信醫師們將全力以赴，給她最好的治療。

任何一位母親，不管她的宗教、膚色、政治、經濟或國籍，我們都不會放棄！

疫情的期末考

假期前越南已經逐漸啟動迎接新疫情來到，假期後果然許多省份紛紛傳出疫情，5月5日之後越南重新要求全國更嚴謹管控，許多餐飲卡拉OK活動都要求取消，不少學校也讓學生回到家裡，幾個醫院因爲傳出院內感染而暫時停止運作，疫情在過去一年多表現極爲良好的越南，似乎已經山雨未來風滿樓！同時一直表現極佳的台灣也重新開始進入疫情高峰，社區感染若隱若現，從北到南似乎病毒沒有想要離開，並且創造更多新款的病毒。

歐美國家一開始感染數目早就數十萬上百萬，他們的領導者承受的壓力應該比台灣和越南大數萬倍，然而混亂失序的國家不斷地檢討改正面對各種壓力，慢慢重新整理戰場；另外一些表現太好的國家，忽然間像洗三溫暖一般，害羞生澀或顯得手忙腳亂說，先入地獄再上天堂，似乎頗有道理。

下班路上看著彩霞降臨的胡志明市，依然車水馬龍，一車一車的貨櫃仍從工廠駛向河岸邊的碼頭，送到遠方給需要購買更新家具和消耗品的先進國家，一位在越南耕耘相當成功的台商來醫院看我，分享他對於美國拜登總統紓困大手筆、上百億美元的追加挹注，聞之驚喜，因爲美國發給民衆的這些錢，讓受困無法旅行、無法做其他消費的民衆，產生了更大的購買力了，讓胡志明

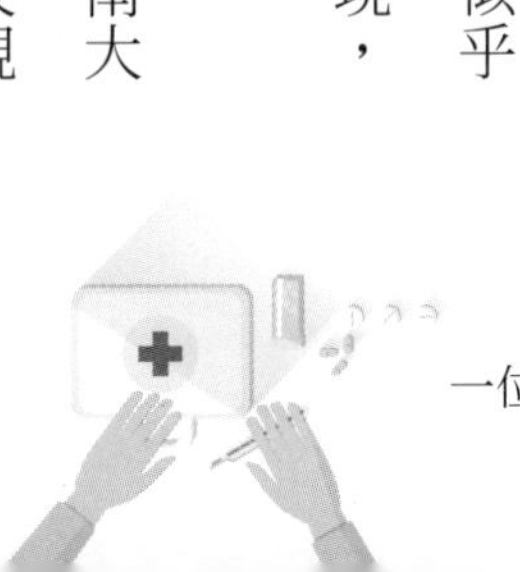

原已嚴重塞車的街道，馬上擠入更多貨櫃車；越南的生產線眞的是國際經濟的重要源頭。

疫情中有許多人受困深沉，甚至失去生命，同時有更多人因爲疫情而致富。疫情產生的經濟變化，恐怕始料未及！這場疫情已經演變成「非新興傳染病」，畢竟戰線已延長太久；對人類而言，似乎已經成爲慢性疾病，對人類文明發展的耗損將長期持續下去，我們如何從這樣的災難中提升和突破？

慶祝國際護理師節

早上門口送來許多包裝非常艷麗的一束束鮮花，猜想應該是慶祝什麼日子，不久醫院廣播今天要慶祝國際護理師節，果然中午席開多桌，醫院趙副總裁親自主持慶祝護理師午宴，特別外燴準備的菜色，越南本地的佳餚果然盡出，雖然是在醫院的會議廳舉行，卻是道地膾炙人口，副總裁用心溫暖有力！

我們醫院護理人員和醫師的比例相當接近，我也覺得他們的地位和重要性和醫師不相上下，與台灣極不相同。依據越南官方資料，二〇一七年越南有7萬7千位名醫師，及11萬名護理師，震興醫院的護理師至少三至四成是男性護理師；在病房最顯著的位置，都設相當大的護理長辦公

醫院異常重視國際護理師節午宴

室，護理長的辦公桌座落在最內角落，相當威風，科室醫師主任辦公室卻較不明顯，似乎沒有專屬醫師室，越南護理師地位的尊貴接近醫師；醫院持續努力招募護理師，護理師的重要性就更加明顯！我的越南學生（河內醫藥大學護理系畢業）後來在台灣獲得碩士、博士，分享他過去的學習和工作，在越南要念護理系不僅很難申請，還需要許多人際關係才能成功，也反應越南護理師崇高的地位。

祝天下所有的護理師們快樂燦爛！

遠鄉的好消息

今天上午醫院孫院長分享了胡志明新聞報導，震興醫院成功地將一位女性患者的手接回來了，雖然我沒有參與醫療過程，卻很興奮我們在郊區的醫院，能夠創造重生！

5月13日，來自震興大學醫學院附屬醫院的消息，醫師已經成功地將一位女性患者的斷手連接了起來。

在此之前，5月4日，一位住在同奈省邊和市的患者因外傷大量失血而休克，被送往震興大學醫院急診，左手腕幾乎完全被割斷，約僅剩約2厘米的皮膚。骨傷科醫生立卽將患者帶到手術室，試圖「挽救」患者的手。由於手被嚴重割斷，顯微外科非常複雜。Nguyen Van Tinh醫生和整個外科團隊必須爲患者結合骨頭，重新連接血管、動脈、靜脈、神經、腱彎曲和伸肌腱。手術花了6個多小時，醫生使用各種顯微外科手術器械來恢復被切斷的組織和結構。

手術4天後，患者的手逐漸變紅變暖，左手指在受到刺激後能夠移動，並有了感覺。目前患者健康狀況穩定，溝通正常，可在未來幾天出院。負責手術的Tinh醫生建議，如果由於事故或鋒利的尖銳物體而導致手或腳被割斷或幾乎割斷，家庭成員需要快速清潔傷口，施加局部壓力以止血，避免移動任何被割斷的肢體或斷肢。必要盡快將患者緊急送到最近的醫療機構。如果四肢得

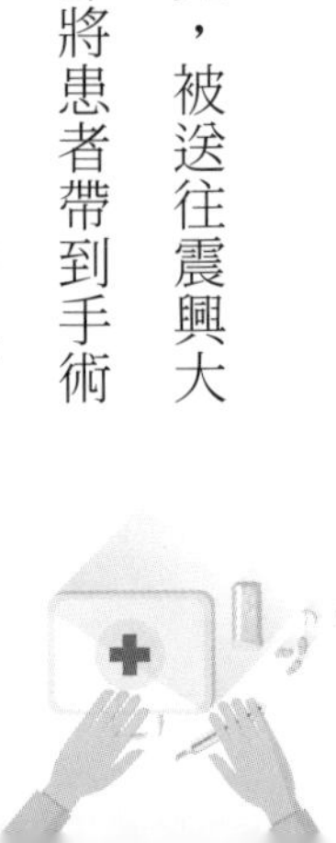

到適當的保護，並及早進行手術，那麼手術後成功進行吻合的比率就很高。

後來醫院又陸續來了幾位病患接受類似的治療，這個製造業爲主的工業省分，任何工廠少說數千多達上萬名勞工，他們一早出門到工廠操作到傍晚，分秒不停動手動腳，上下班路上更是車禍頻仍，最需要這些專科醫師的技術；如果能更廣泛宣傳製造業的工安危險，讓工人在忙碌中能更謹慎小心，也能減少許多失能的遺憾。

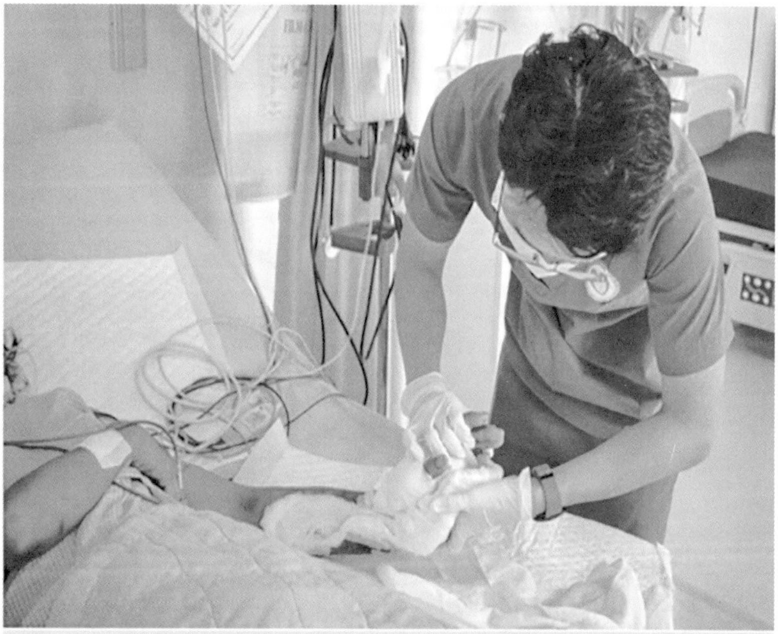

The patient's left wrist was ruddy and could move his fingertips after the microsurgery - Photo: BA

醫師修復殘肢手臂的好消息

越是異鄉難爲情

來越南從旅館封閉隔離後已經滿月，在異國的醫院遇到不少長期在越南的異鄉人，許多已經來此20多年，事業有根有成也在這邊和越南人結婚並且已有小孩（他們和在台灣娶越南新娘很不一樣），這些台灣的異鄉人，如何在這片土地上站起來呢？

上周一位長期食慾不佳自覺逐漸衰弱中年人經過內視鏡切片和頸部腫塊切片、再經醫院安排了正子斷層掃描（Positron Emission Tomography，PET），今天結果發現爲大腸癌，同時頸子上又有似乎獨立發生的淋巴瘤！怎麼有這麼不幸的處境！我和他坐下來仔細討論，幫他分析如果回台灣治療，會遇到隔離負壓病房很多天的困難，我覺得應該勸他在這邊住院治療，避免延誤了治療；如果住院後我們規劃下周開刀，先切除造成他食慾不振的大腸癌……等等。

他面對忽然間冒出來的一堆不明究裡的病痛，和未來更多不知如何抉擇的治療，難免一再問「這是什麼疾病？」，「他們會跑到身體哪裡？」一下子發現雙重重症，竟是屋漏又逢連夜雨，臉上佈滿失落和茫然。

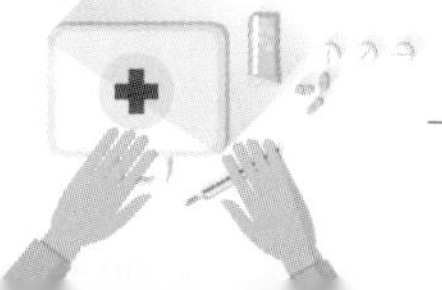

異國打拼數十載，
家鄉音訊渺無痕，
同是異鄉失落人，
相逢何必在此時？

他一個人隻身來越南打拚多年，離開原來的家鄉似已太久，家鄉已成爲淡淡的概念，說實在，永遠在那邊；說不實在，即使有也幫不上忙！他的心情多少我也能體會，不是不願意（回家），卻有萬般無奈和阻礙吧！

同奈河上的船影映照著離鄉背井的層層憂愁

錯綜複雜的國際醫療

隨著疫情的升溫，最近多了不少不同特色的病人朋友（或者可稱爲醫療稀客），來醫院尋求諮詢或檢查；有不少平常照理不會來醫院看病的族群，現在因爲感冒、拉肚子……等輕微症狀，都來門診；更有不少年輕人，也主動來門診尋求診療。

越南看病非常不容易，尤其是對外國人而言，除了語言不易溝通，若不熟悉越南語，出門需要帶一位翻譯，加上在越南到公家醫院看病，傳統上要送紅包給小費（聽聞本地人說，在某些大醫院，甚至須給請掛號排隊的護理師，一關又一關通通都需要），因此要了解去看病、看到醫師的眉角很多，外行無門路的，恐怕會吃很多悶虧；生病已經夠苦，要在海外學這些，恐非易事。加上越南醫療機構少，公家國營醫院爲主，醫院醫師下了班（一般下午四點之後）兼差很普遍，因此到私立小型診所看病漸成氣候，但私人經營的醫院仍然很少；市場需求龐大卻又選擇有限，僧多粥少，當病人眞的很辛苦。

有一位年輕人只是頭暈精神不濟，沒有發燒，拉肚子、咳嗽、呼吸困難……等，因爲兩個禮拜前適逢大連假，到越南中部峴港一帶去玩，這兩天不舒服，公司著急要他一定來醫院看看；我覺得他的症狀很輕微，似乎不需要大老遠搭車一個半小時來醫院，在旁邊陪同翻譯的公司同仁

「悄悄地」跟門診的醫務秘書說，「因為去峴港玩」，所以老闆擔心，他是否把這幾天峴港爆發大流行的病毒帶回來了？

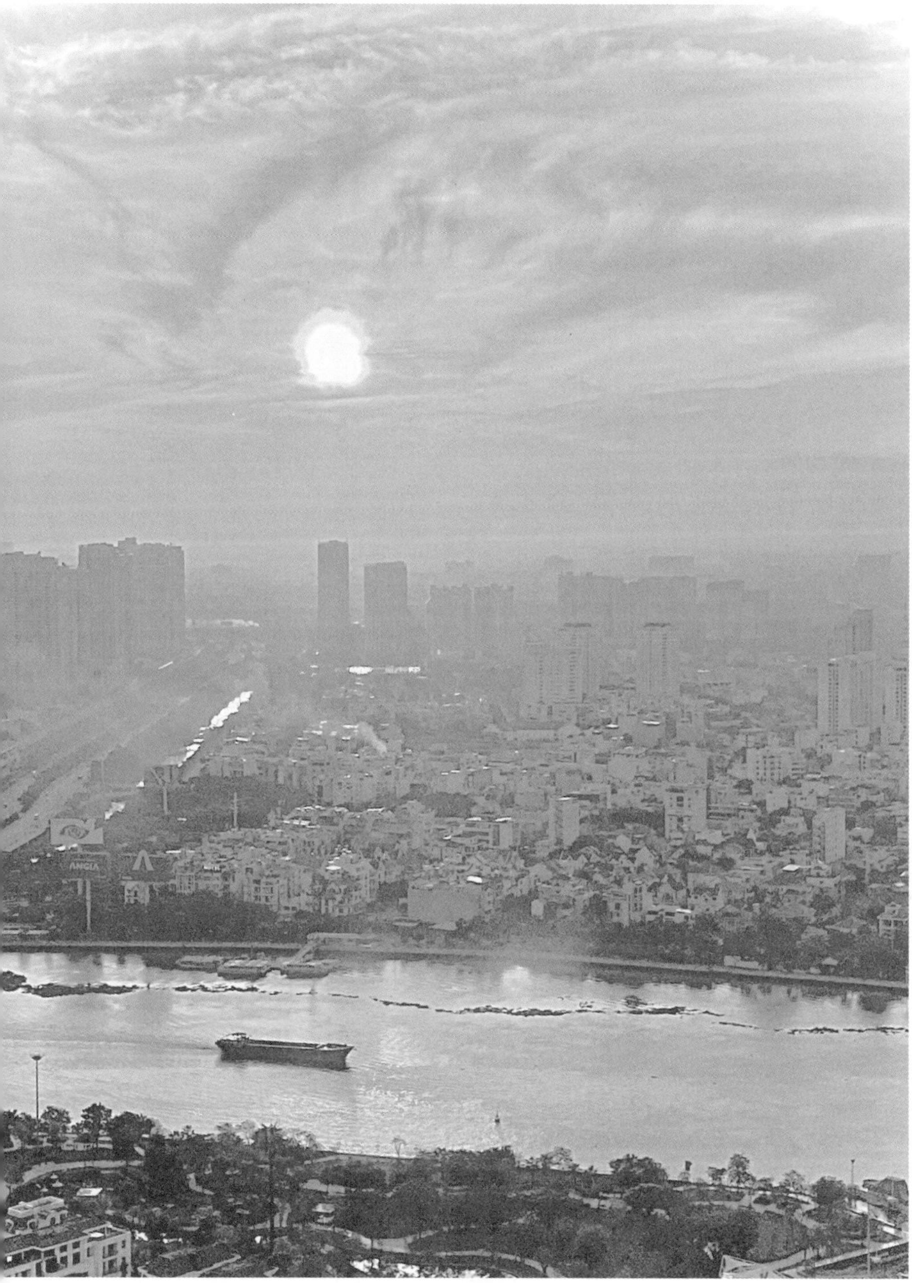

河上有即將到港的貨船卻不知何時能到彼岸

我在診間先幫他診療，我的翻譯助理秘書在旁全程仔細紀錄，她聽了前面的交談對話，一下子面色凝重，擔心會受到感染，差點當場昏過去！

有一位日本貴婦來做全身健檢，她帶了一位日本、越南語翻譯，先問醫生會不會講日語，我只好接著回答お元気ですか（你身體好嗎？其實只會幾句，找出來用），接著用日語介紹自己是張醫師，並且請問她どうしたんですか？（哪裡不舒服）；她可說幾句英文，但卻不甚熟練。

有許多人都曾念了一些英文，但是許久沒實戰經驗，若被問懂不懂英文？多數不好意思說不懂，會說「可以啊」因爲確實從小念了許多英文，但是眞要開到戰場，發了一顆子彈後，對方若回以連續機關槍，英文就常常就卡住了，只好就地舉白旗投降；就像我認眞學過的日語和法語也是，應該定期去操練較好。

於是爲了清楚溝通，我只好改用中文詢問，請越南籍秘書用中文翻譯成越語，再由貴婦帶來的日本籍越語翻譯改成日語，貴婦聽了之後用日語回答，再由越語翻譯將日語轉成越語，我的秘書再將越語轉成中文回答；我們就這樣子四個人用華、越、日文三種語言，偶爾她覺得不耐煩，想試試直接用簡單英文和我溝通，四個人用四種語言的溝通問診，眞的不太容易！過程中也有遲滯找字彙的片段，怕誤會請翻譯再問一次，捏一把冷汗；不過最後她應該很滿意我費心仔細有條有理的確認和說明，我從她的點頭微笑，獲得確定。

現在商用的語言翻譯都是一對一的單一語言雙向翻譯，希望有一天可以有三種或四種語言同時相互翻譯，各取所需毫不費時，將可大大幫忙國際醫療！

今天清靜的星期天，西貢河上飄來濃濃的晨霧，籠罩由近到遠逐漸霧散浮現的高樓大廈和城鎮，剛好河上載滿沉重貨櫃的航輪緩緩吃著重水前進；這些來自遠方或前往他鄉的船隊，雖然負擔沉重努力前進，但有一天終會抵達它的港口彼岸，卸下重擔，比起我茫茫人海四處漂泊，雖只是輕舟，卻不知要流浪至何時？

記錄美麗的人生

周末因疫情而街市寧靜，決心嘗試到附近越南市區徒步走走，突然發現上下班途中經過的大馬路大廈後，有細細開展的傳統市集，和臺灣許多傳統市集相像。很意外發現一位學生安靜地在陸橋邊聚精會神揮筆，這是自由意識的展現，眾人皆醉我獨醒，安靜地觀察這個城市；我也趁機順著她的視野，拍到這張街角萬象身影，主角自然又有力；人所想的常常超過外表所形，越南人的思維，需要仔細持續體會。

市井浮世繪

喧鬧城市的紀錄畫家

崎嶇道路有牛群

這幾天台灣的疫情越來越嚴重，日夜爲台灣的所有人感到擔憂，不管是獅子會的或者喜歡喝茶的，甚至只是遊民或者只想悠悠哉哉在台灣到處休閒遊蕩，他們有自由自在隨處旅行的權利，也都有追求健康的權益，可惜病毒無情，從一個旅館轉到一個茶室，然後到一個又一個的醫院，很多醫療工作朋友們正在急診室、在快篩站，或在病房和在隔離的病室，犧牲過去天天享有的自由，恐怕連乾淨的空氣也難得享用！

越南這邊也毫不輕鬆，從北部、中部開始，五月一日長假之後更是天崩地裂般不斷地入侵，這兩天在胡志明市的周圍守德市，和我居住胡志明二郡附近社區，已經聽得到病毒的腳步聲，一步一步前來，不分日夜，只好將口罩戴得更緊，並且不斷地憂心。

在大難中當有大智大慧的人，出現帶領大家走過苦難紅海，希望大家跟著大智慧的人，一步一步牽著手或摸著石頭過河，也期待更多的創新和智慧研發，帶領我們走出這一片陰霾！

上午到醫院的路上像往常一路崎嶇坎坷，以爲快到醫院，在一片茂林處竟然走出一大群茫然像逛大觀園的牛群，阻擋了去路，交通車只好停車耐心等著它們悠哉地走過，雖然一路塞車趕車深怕遲到，但對著牛群按喇叭有效嗎？畢竟它們曾經奉獻了很多血汗和提供餐桌上的鮮奶，即使它們不是最聰明的，就像這次疫情來地太突然，讓許多茫然的管理單位和民眾不知如何閃避，但他們至少是最勤苦的一群！如果我們是夠智慧的人，應該尊讓它們慢慢地過去！如果再忍耐，一定會過去的。

醫院的路口也拉起疑似傳染人群的分流，大家全力積極準備，等待它的來到！

交通車過森林卻冒出茫然的牛群擋住去路
需耐心地等它們過去

疫起生命力

最近台灣疫情相當嚴峻，越南這邊也毫不輕鬆，前兩天胡志明多了許多本土感染，隔壁守德郡也風聲鶴唳，病毒在黑夜中、在人群中一步一步猛撲而來！星期六仍照常需要到醫院去，明天星期天休息之前更有很多不同的病患擔心周末病痛找不到醫師，紛紛前來醫院，以確定能平安度過週末；醫生和病人都在病毒的威脅之下焦慮不安，一起合作來找尋解決的方法！

上星期和高雄小港醫院舉行首次視訊會議，發現小港Siaogan和西貢Saigon名稱極爲相似，雙港交會，都是兩國的最重要商港，豈只是巧合？11世紀前台灣和越南均屬於百越王國，當時應該就有許多傳統交通工具協助王國內的交通與移民，延續至今，閩南語約和越語有兩、三成的相似，莫非當初西貢是王國的西方大港，而小港是位於東方台灣的小港口？

高雄和胡志明兩地距離千里，許多想法卻相當接近，兩個醫院都在工業區，都有許多工業外傷案例！

不同的是，小港醫院的醫師在簡介中一再強調，他們是「工業區」的醫院，要面對很多工作傷害，暗示台灣已經從過去1970年以工業生產製造爲主的經濟，轉型成以服務業爲主的智慧產業；而小港醫院是至今少數仍以製造運輸業爲主的「工業區」，需要特別提醒是和位於西貢附近的震興醫院也具有「工業區」醫院的特色；小港醫院的朋友眞的很貼心，倒是越南這邊似乎未有巨大共鳴，爲什麼呢？因爲越南幾乎到處都是工業區，幾乎所有的人都爲了不高的薪資而打拼，如果沒有工業區，有很多人沒有收入和正規生活，在工業區工作，到工業區上班是常態，多數人靠著工業區而獲得收入，沒有工業區之前，只能從事簡單的農業或漁業，過著日落而息的日子；有了工業區之後，外資企業在工業區成立高效率的生產製造，一位越南的普通家庭因爲有人到工業區工作，自然就成爲國際化經濟脈動的一環，像是血管接通之後，隨著心臟的跳動將許多過去所缺乏的血球和養分紛紛運到；成立工業區後，自然就容易接到國際訂單，越南的經濟成爲國際貿易的一環，家中有工作能力的成員，紛紛投入生產事業，可以一天兩班甚至三班工作，雖然工時加長生活辛苦，但是可以增加收入，讓孩子念更多書，甚至到國外進修，開創不同的生涯；「工業區」隨著兩國不同的經濟發展，在台灣和越南意義非凡。

我們是全球醫療的家族

加入越南醫療第六個星期，我對越南醫療也有更深入體驗；原本在台灣的許多想法，不斷地進行更正，套句台灣當今流行語，做了許多回歸校正或修正，每天都認眞學習，盼望逐漸了解眞正的越南醫療。

有一天門診來了一位中年人，在台灣很多年並沒有完全處理他疝氣問題，來越南之後卻加增不少困擾，我請醫院外科資深主治龍醫師BS Long來會診，他很快來門診會診，親切地做了詳細檢查，讓病人確定問題，放下沉重的心；前幾天門診忙碌中，龍醫師特別來門診和我討論先前一位胃癌開刀後的病人，他建議可以先讓病人出院復原，過一陣子再回來開始做化療；他很誠懇又精簡地表達照顧病人的規劃，和周全的思慮，讓我大爲驚奇。

急診部有一位年輕的女醫師已經開始一般內科訓練後的心臟專科訓練[3]，先前曾建議醫院可以提供企業員工CPR急救訓練，昨天特別來門診找我，說明她正在規劃課程，也討論急診部準備病

3 越南尚未有全國性專科醫師認證制度，因此獲得專科醫師完整訓練相當複雜，年輕認真的醫師在專業成長中常坎坷不確定；相對的，台灣的年輕醫師幸福多了，只要循序漸進按部就班，就能順利成長，獲得專業同仁和社會的認可。

毒快篩的計劃，非常主動積極爲病人和醫院的安全著想，眞的非常難得！

昨天高級健檢部阿莊主任請我邀請在日本執行健康營養管理、北醫營養系學生梁祖嘉主任，從東京提供一場視訊教學；高級健檢部的同仁非常積極參加，利用門診忙碌的空檔，作筆記又錄影，仔細地討論；課後助理們告訴我，他們學習很多，對於這幾位未曾讀醫學院，畢業就來醫院從事翻譯服務的年輕人，假以時日的訓練，將來他們應該可以成爲很卓越的醫療助理。

我覺得追求健康改善醫療服務是人性最大的共同點，不管是在台灣，或者是在越南！

高級健檢同仁認眞線上營養管理學習

何時打開封閉的心

和台灣一樣，越南疫情也造成許多人的擔心，門診越來越多睡不著覺、拉肚子、頭痛、情緒不穩的病人，在病毒的攻擊之下，很多人被迫漸漸鎖起心內的門窗。

好不容易週日休假，想到附近走走，卻下起雨來，因爲在越南不敢自己開車，不敢騎摩托車，唯一能做的是到附近的河邊公園走走，卻發現到處都已拉起警戒安全線，過去到處充滿兒童嘻笑，年輕人談情說愛的公園，只剩下寂靜的夏天；一個美麗高雅的社區，卻到處無法通行，大家被困在家裡，透過網路勉強維持對外的聯繫，這一場瘟疫到底還要多久？

整個社區都遭封鎖

健康識能是疫情的解藥

和台灣一樣，越南和東南亞好幾個疫苗缺乏的國家，在4-5月紛紛進入新一波新冠肺炎大流行，先是柬埔寨，接著新加坡，現在馬來西亞更已高度緊急，我們要如何度過這一難關？疫苗當然是決戰一役，但如何採用和施打，推廣說服民眾，是人性、是社會文化、是捨我其誰？還是自掃門前雪、不管他人瓦上冰霜？

幾年前翻譯出版的一本小冊子，解釋「健康識能」如何幫助民眾接近和運用醫療知識，對於目前的疫情應該如何對症下藥，提供了簡單易懂的說明，想送給朋友和衛生主管看看，例如之前國內引起討論風暴的「校正回歸」，用「補充修改」先前未能於當天即時確認通報的案例數據，似乎就容易懂得多；疫苗施打時，原先約了十位來注射，後來發現幫十位打完後還剩下了一點疫苗注射液，官方對於這些剩下多餘的注射液稱為「殘劑」，如果這些多餘剩下的注射液稱為「餘劑」，像台灣人過年時大家喜歡「年年有餘」，

健康識能可幫民眾更了解健康的意涵
善用健康資源，輕鬆度過疫情難關

是否貼切，也感恩前面十位施打者，善心愛心體貼有餘的藥劑，好幸福！

這一本正式由歐洲世界衛生組織授權、馬來西亞大學及亞洲健康識能學會出版的專書，希望幫忙困境中的家人朋友。

抵達越南第63天。

感謝超前佈署的前輩

週末之前再次檢視醫院防疫準備，醫院的督導已經採取最快的動作，大門口採實名制了解訪院病患的關鍵資料，工作人員已經裝上層層新的安全防護，並且立刻輸入他們的疫調，效率眞好；在越南，民眾還拿著紙本的社會保險卡（類似台灣健保）的階段，雖然民間早有能力以資通科技進行許多生活事物，像許多外帶配送網購早已深入每個家庭，但涉及社會保險政府事務，相對較爲保守；現在疫情緊繃，忽然由下而上，齊心用新的電子資訊做防疫，上位者順水推舟，很不簡單。

醫院公關阿越主任更和我輕聲提到，我們醫院還有更高深的保護，我們異口同聲地決定一起前往，去看看醫院門前的小廟；雖然阿越先前跟我提過兩、三次，我們醫院的小小廟，看我似乎沒心動，他可能認爲我興趣或宗教理念不和，尊重我的想法（他眞是一位很聰明細心的好朋友）；不過他這次暗示，我馬上回應他的建議，就怕他後悔邀請又收回去。

醫院前大廣場中間最蛋黃位置有一座小廟，是在醫院幾年前破土興建之前就有的一個矮小僅一個人高、類似土地公的廟。

令我驚訝的是，單純的擺設中間有漢文題字「恭請城隍大王」，意思是我們在這個大地上開

墾，將荒地築成醫院，請大王能諒解我們驚動了原本這邊的寧靜，也請支持醫院往後將在這邊救治需要照顧的病患。

我覺得這個小小的信仰設施很有價值，有很多病痛雖然醫療單位和醫師會盡力地解決，當疾病超過醫師們的能力，經常還需要上天的幫忙，我們也祈求上天的憐憫，教我醫療人員有更多智慧，更大的耐力和用心，也希望上天可以給苦難中的人們，和憂慮力量不夠的醫療人員們，給我們更多耐心毅力和智慧，突破萬難。

醫院院子裡的城隍爺小廟

甚麼時候醫院的門還開著？

連續幾天越南疫情越來越嚴重，突然來臨的大浪衝到胡志明來，許多胡志明市的小區域已經被嚴格管制，胡志明市政府預計未來每一天篩檢10萬人，並以篩檢1千3百萬人爲目標，未來幾天可以想見各方面生活一定越來越艱難；今天來醫院的病人也明顯減少，年輕的助手們仍然準時7點就到醫院，開始門診住院的各項安排工作；幾個電話來問，醫院是不是要關門？我思考著這個問題。

如果有一天只有一位需要來醫院的病人，我們要爲他開著大門嗎？

如果有一天從早到傍晚都沒有病人前來，因爲不敢也不允許在疫情期間出門，明天早上我們還要到醫院嗎？去準備照顧可能會來的病人嗎？

當然這是機率很小的假設，但有很多醫院同仁會遇到類似疑慮，那些在鬧市中孤獨站立的教會，和教堂裡面的牧師和神父，永遠把教堂的門打開，讓卽將前往天堂或者地獄的人，可以來做最後一次的請求。

醫療人員是到地獄前最後守門員？還是天堂路上的護送者？

　　醫院走廊的腳步聲逐漸沉靜下來，我們有打算堅持到最後一刻，至少把這個病毒先擋下來！絕對不能讓病毒佔領我們的醫院。

　　周日走很長的路到市區動物園附近，看到這所天主教堂的門敞開。但是日後它也被規定不得聚會而被迫關上。

路旁安靜的天主教堂保護著人民

今天醫生還會來嗎？

大前天忽然接到越南地方政府指令，緊鄰大胡志明市東部的同奈省從6月4日凌晨起不准人員有任何戶外活動，助理通知趕緊打包撤離胡志明，再不離開恐沒辦法到醫院上班；倉皇一個小時的準備，像逃難帶著一般大包小包趕回醫院；但是6月5日星期六仍然有許多病人到醫院來，雖然同奈到胡志明的交通中斷，但是從隔壁平陽省和巴地頭頓許多需要醫療的朋友冒險前來；從他們口中知道，他們很擔心交通管制造成醫療中斷，先陸續打電話來詢問醫生在嗎？可以想見病毒造成道路中斷，也大幅減少人的安全感，醫院必須撐到最後一刻，醫生必須奮鬥到最後一秒。

住在醫院裡面雖然安全，不過畢竟已經多年不再擔任醫院值班醫師，重新住在醫院眞的感覺奇妙，徹夜輾轉難眠，滿腦想著這位和那位病人的病情，給他們的建議，他們臉上的回應；沒想到星期六中午聽到消息，醫院爭取讓住在胡志明的醫療同仁特許回到胡志明市，半信半疑；果然下午接近四點，護理長緊急通知，醫療人員特例回到胡志明市，趕快準備上車；持續昨天驚悚不定，像臨時通知邀請參加臨時演員一般；回到醫院宿舍又將一部分急需的食物和衣服打包，趕上快開走的車子，雖然滋味不好受，但是這種從黑暗中忽然看到光明的喜悅，讓吃的苦反變成甘草！我默默感謝越南政府這麼有智慧地操作；雖然道路封鎖，但是如果有救人的需要，仍以人命

爲優先，讓醫療人員方便；這樣的緊急訓練，對大衆動員相當有幫忙，雖然有許多不方便，但是這樣的不方便，讓人的腎上腺素能夠充分儲備發揮，畢竟也有好處，相信用意是良善的；如果長期在幸福安逸無憂無慮的生活，較難享受生命的不確定，地球的瞬息萬變，和病毒給我們的教訓！人生與地球豈是平坦的？

在疫情中，我和醫院的更多越南醫師建立了更好的關係，我覺得雖然語言國籍性別訓練和體制不同，但是我們照顧病人的價值和決心，卻是一致的。

內科部長Tố Như，是一位非常仔細有愛心的醫師朋友，醫療工作中的好同事

腳步聲漸近的巨腳惡魔

越南的疫情持續在各省加溫，雖然一個星期長達六天將近60個小時在醫院裡工作，因爲迄今醫院還未獲得越南政府核定，可接受治療新冠肺炎病毒病患，因此院內感染風險和焦慮比較低，但是醫院內外仍然逐步加強外來病人的提防，看到越南同仁很仔細地執行各項防護，給醫院額外安全的保障，相當感激；醫院好幾百位同仁身處在高度風險中，並沒有退卻或請假，認眞堅守他們的工作，我雖然不見得知道他們越語的討論，卻也沒有感受到他們焦慮的情緒，剛好和此刻台灣上下沸騰的怨氣和恐慌形成巨大對比；倒是由到醫院的台商主管朋友口中，顯示出對疫苗和疫情的不確定，我想他們接受了很多台灣傳出來的訊息，這些訊息透過網路傳到遠在千里外的台灣朋友之間，流傳甚至擴大，就像樓梯頂端不時大聲傳來，巨人踩在樓梯板震耳聲音一般，讓更多接受訊息的人產生無比驚慌，聽不懂或者沒有接受到台灣信息的越南人，反倒得到語言隔閡的免疫和平安。

全球化帶來了許多方便，也傳播了這世紀的病毒風暴，加上資訊產業的無遠弗屆，人類注定要在多重的危害中倖免於難，眞的相當不簡單。

越南政府也提供了全國的病毒足跡圖[4]，倒覺得蠻有藝術的設計。

4 https：//hatangdothi.tphcm.gov.vn/covid19/mobile/

彩虹不和病毒捉迷藏

星期一清早前往醫院途中得知，胡志明市衛生廳已於6:00發出緊急通告，我住的社區隔壁大樓發現有陽性確診，整個大樓立即遭到封鎖，所有的住民進行篩檢隔離；後續結果還不清楚，但是就在隔壁，難免七上八下；有幾位醫師已經請假，感覺風雨欲來的緊張，醫院正準備提供社區和工廠快篩，也要負責產業期待的疫苗注射，又擔心自身住家的安全，內外夾攻，氣氛凝重。

下班了再搭交通車回到胡志明市，車上同行一句話都沒有講，料想大家心情沉重，只叮嚀回到家中不宜外出，最好宅在家裡，讓病毒找不到我們，繼續和病毒捉迷藏，必須一直躲到疫苗來了，產生抗體來對抗。

還好雨後的天空拉開了亮麗的彩虹，伴隨著風雨中的城市和人群，可能事情並沒有想像那麼糟，再怎麼困難也總會解決的。彩虹在烏雲密布之後，更顯得耀眼無比。

開始疫苗施打的一天，勝利V~Day——Vaccination Day

等待多日的疫苗施打終於在連續幾天的前奏預告下，今天隆重展開，感謝震興醫院越南同仁仔細精準傳遞訊息，如何通知好幾百位醫院同仁在預定的時間輪流準時到達疫苗施打區？這件事原本不容易，尤其在醫院裡，每位醫療人員有許多工作，只能在照顧病患空檔，迅速前往。

今天也體驗了越南醫療人員在執行疫苗上的審慎精細；除了要填詳細醫療狀況評估，現場測量血壓心跳和血氧，然後再由加護病房資深醫師逐一諮詢過關，在等候疫苗施打區按梅花座交叉等候，等待著由衛生部當天早上直接「熱騰騰」派送疫苗到達；護理長在疫苗施打房間門口逐一朗讀大名，確定正確才讓被施打的人進到注射區；醫院公關專責攝影師爲每一位受施打者精準攝影紀錄了注射情形，非常有條理，讓人驚訝這麼有效率。

越南籍孫院長特別來巡視流程，做到滴水不漏，我很高興和他共同經歷這一次醫院同仁疫苗注射，感受非常深刻。

這是我們勝利的一天，當疫苗mRNA和部份蛋白質抗原進到我們身體，爲了對付這些類似病毒的抗原，我們身體產生了無數抗體，產生身體裡面可能持續達好幾個月的抵抗力，來對付這個

變化多端的病毒；這種經由外來抗原刺激而在我們身體產生抗體的邏輯，如同現實生活，經常因爲有新的考驗，增加我們處理事情能力；如果沒有持續的新挑戰，人們豈能發現身體還有許多可用的幹細胞，可以用來應付新來的病毒！

感謝越南政府提供醫院醫療同仁卽時的疫苗，讓我們有更好的抵抗力來執行未來更嚴峻的挑戰！

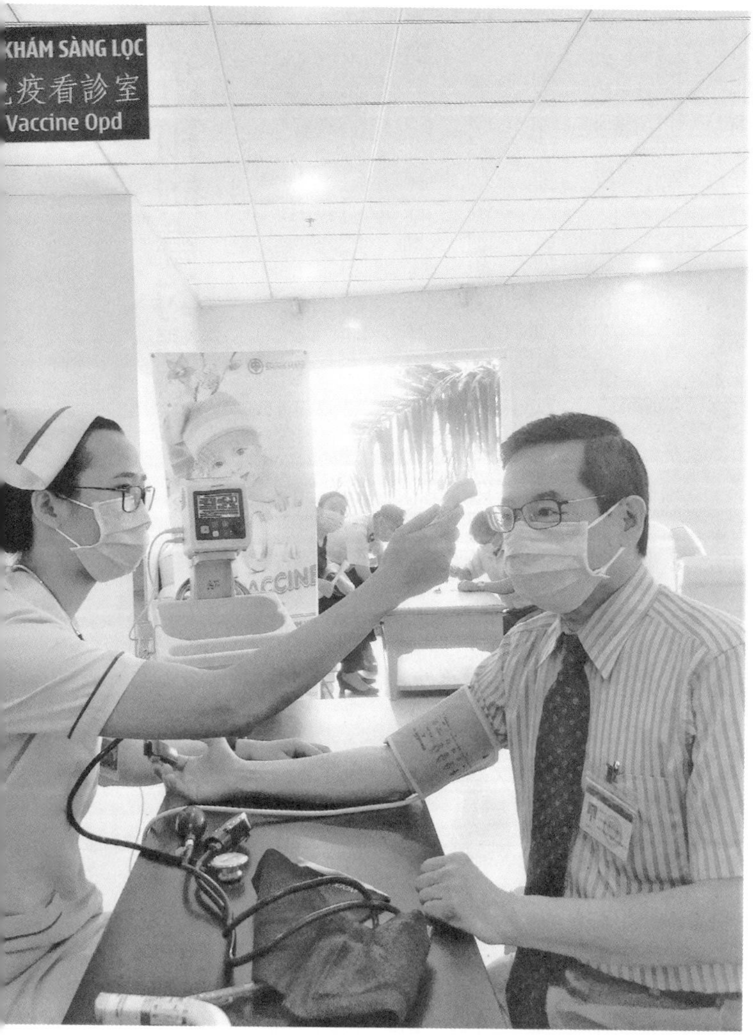

護士愼重地進行打疫苗前評估

疫苗和病毒的選擇

3月22日第一批AZ疫苗到達台灣開始施打，當時很多醫護人員抱著觀望心態，「禮讓」比較資深或者年紀稍長的醫師先打，其實並我沒有想太多，配合醫院的流程，助理詢問立即就回覆，能夠早點打最好，3月25日和另外十幾位醫師就打了第一劑，當天晚上確實感覺溫熱，似乎微發燒，不過沒有量體溫，第二天早上就已經毫無感覺，只有手臂酸痛；隨後到越南從事醫療，台灣疫苗接種追蹤app持續詢問打完疫苗的反應，並無特別值得描述之處，AZ疫苗對我來講簡直易如反掌，因爲有此簡單的保障，在醫院工作較不怕病毒入侵，至少已經有些中和抗體，對付醫療工作環境的病毒。

越南和台灣一樣非常缺乏疫苗，四月底震興醫院終於獲得越南政府配送三十幾劑AZ，也是由越南籍資深醫師率先接種，許多越南醫師朋友先在其他醫院打了第一和第二劑，3月在台灣不叫座的疫苗，反而台灣和越南兩地門庭若市大排長龍；短短一兩個月，人們對疫苗的看法都產生很大的改變；是否有機會在越南接受第二劑？並未抱太大期待，在國外執行醫療工作，等當地政府游刃有餘才獲得施打，越南人口將近一億，需要非常非常多的疫苗來照顧；直到昨天，越南政府派送疫苗到各個醫院，我也在名單上接受了第二劑疫苗；越南初期只有AZ，就順其自然再接受

AZ。

如果說只有其他的疫苗，會不會接種呢？是不是需要一定是同一種疫苗呢？「混打」是有趣的假說，如果有資料顯示個別疫苗產生的抗體不同，例如吃蘋果產生的維他命和吃胡蘿蔔不相同，則不同疫苗會產生不同「抗體的組合」；反之，同一個疫苗打兩次，產生「兩倍同一種抗體」？希望學術界盡快找到清楚答案。

現在國際上對於混打的論述越來越強烈，不同疫苗研發的目的並不相同，極可能因爲混打而創造出不同的抗體，還等待醫學界進一步研究。倒是沒料到在台灣和越南分別接種了各一劑AZ，是不是同樣的疫苗在兩個不同的國家，可能產生不同的抗體？確定的是，兩個國家施打疫苗護理師的姿勢稍有不同，但她們的技術卻一樣好。

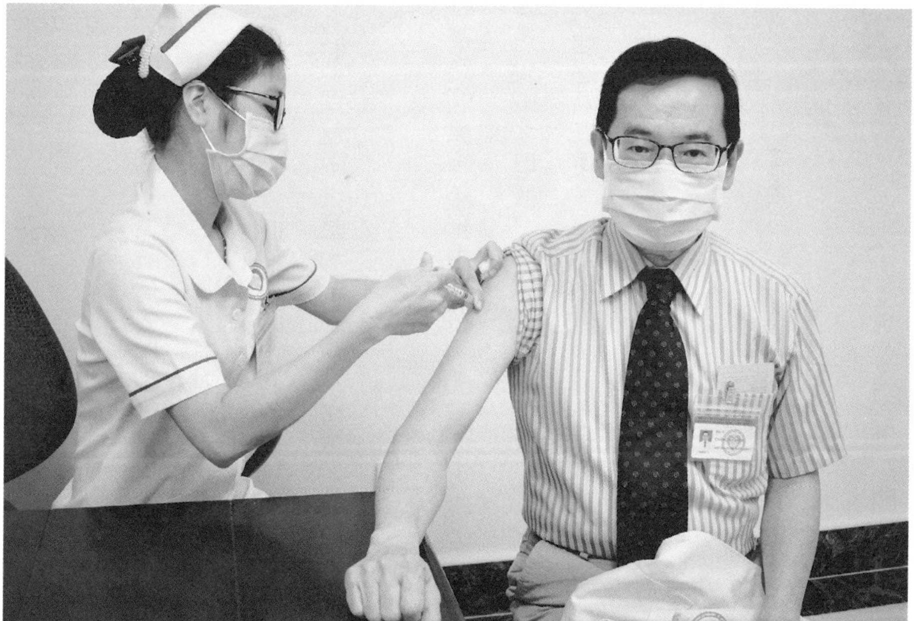

在台灣和越南混打AZ

雨季帶來的發燒

在越南擔任醫療工作的第一個震撼教育是登革熱，四月中旬到醫院後，助理就帶我去看一位來越南工作的台灣年輕人，前幾天發高燒，嚴重頭痛，在外面診所吃了退燒藥兩三天沒效，機警地到醫院急診，急診醫師驗了登革熱病毒抗原（NS1）呈現陽性，就收他住院；我看到他全身佈滿不癢紅疹，頸部淋巴腺腫痛，腹部超音波脾臟變大，寫了到越南後第一篇半學術文章，刊登在越南台商總會的期刊[5]。

文章繳稿後，又陸續照顧多位韓國籍、中國籍登革熱病患，年紀由20多到60多歲大老闆，清一色是男性，難道因爲男性喜歡在戶外活動，讓埃及斑點蚊子叮咬？這幾天又來了一位年輕台灣工程師，持續輕微發燒，住院幾天後不再發燒，白血球逐漸恢復，原本極低的血小板一再下沉，終於今天稍稍回升，爲他鬆一口氣，不料傍晚回報一邊視力模糊看不清楚，是網膜脈絡膜發炎？還是微血管出血造成？

5 http: / / ctcvn.vn/ ……/%E6%9C%83%E8%A8%8A252%E6%9C%9F.pdf

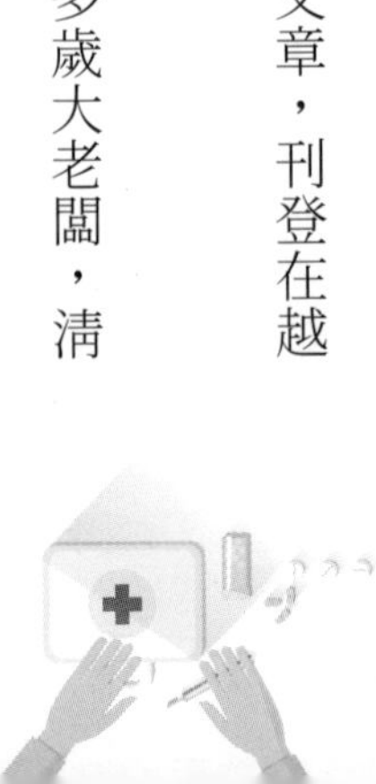

登革熱在雨季的越南和許多地方仍然盛行，在家隔離困頓的人們，應該慶幸因爲在室內隔離，多了一些保障！

病毒幫我們上的課

這個新病毒先前未公告要來給我們上課，它來地眞匆促，連這門課謹愼取個名字都還未談妥，它就來了，給我們很大驚奇；學生還未準備好，偏偏老師已到！且未上課，直接就來考試，完全沒職業道德可言。

現在我們終於知道，它其實早有備而來，連親戚朋兄弟姊妹堂哥表妹各類變種都來！它們看起來都有點像，卻長得不一樣，學生以爲只要準備一位老師出的考題，沒想到來打掃的和稱爲助教的，竟然出的考題越來越難。教育部要不要派督察或政風去查？

新冠病毒眞的並不太複雜，比人類三萬多個基因31億個鹼基來講，實在單純許多；它只有不到三千個RNA分子，用一條鏈子捲在一起，親像油條一般，怎麼能那麼有效率地穿透人的細胞，爲什麼人類明明有這麼高深複雜的基因結構，我們的存活能力卻完全和它不能相比？是人類的複雜和不合理的管理，阻礙了我們演化上的競爭力？三千竟然大勝31億，難道只因爲簡單就是美？簡單勝繁複，一條油條勝過三千煩惱絲？人類是否演化走了冤枉路？我們無用的多餘與複雜竟輸給了簡單。

病毒先蓄意潛伏在一些上課不教的野生動物、我們不太熟悉也不喜歡，更甚至嗤之以鼻的，顛倒著生活的蝙蝠身上，然後透過這些白天睡覺晚上作怪的蝙蝠俠群，偏偏又聰明地選擇世界人口最多的國家大城市出招，可能在實驗室科學家的指縫之間，或實驗室有意無意流出的垃圾桶裡，在美堂皇樓的後門暗巷，它比我們還精明地閃過人臉辨識安全雷達檢查，如入無人之地。

它輕而易舉地把身上的一個吸盤S蛋白（畢竟它還有其他還未發揮的吸盤）和人類呼吸道上皮細胞的蛋白質，那個我們後來知道是ACE-2的窗子，就這麼簡單地透過那扇窗子，穿透入我們細胞裡，隨卽輕而易舉地打開我們原本守護很好的細胞門窗，像木馬屠城，輕輕鬆鬆侵門踏戶地把它身上簡單的決心和指令，很快改變了我們每天辛苦維護的細胞的正常功能。

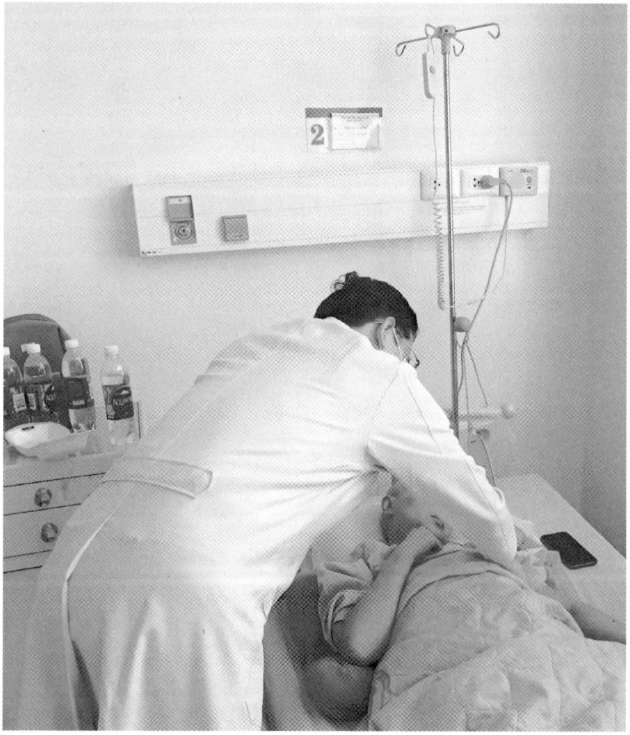

病房成了病毒的課堂？

然後將我們轉變成它的奴隸，幫忙製造更多的病毒；它用了最簡單的方法就克服我們的費心繁複；它沒有耗用許多電力和天然資源，也沒有製造空氣污染和塑膠堆砌及海洋；不須經過網軍宣傳和軍事武器，就迅速達到目的；它不需要子彈和口水，也未讓雙手沾上血跡；它的傳播方式對我們而言，簡直無言以對；是的，課堂還沒教。

病毒早就知道人們太容易，只要先將一些人很快地擺平讓他們生病，肺部呼吸出現奇怪問題，這些得到它的，就會很快再將身體裡面的病毒慷慨地傳給他人享用，在人和人聚在一起聊天、喝茶、聚餐、打屁、鬼混的時候，它輕而易舉地從一個人跳到一群人身上，把一個社區、一個社會、一個城市，甚至一個國家，一個接著一個國家傳遞下去。

新冠病毒根本無視於國家間經年累月累積的仇恨和歧視；國家之間的合約對它來說，完全沒有看在眼裡；它從一個國家到另外一個國家的旅行，完全不需要申請的程序，不需要護照更未申請許可，直接按照它喜歡的模式滲透，繼續不停地傳播；人類所建立的繁文褥節，對它完全沒有阻礙功能；人類所自豪的繁華偉大，在它眼前，顯得脆弱不堪。

病毒教導我們許多未曾學習的課程，我們仍然惡補掙扎困惑；同學們，是不是我們應該好好學習病毒一年來給我們的教訓，你我必須在下課前交出補考的答案。

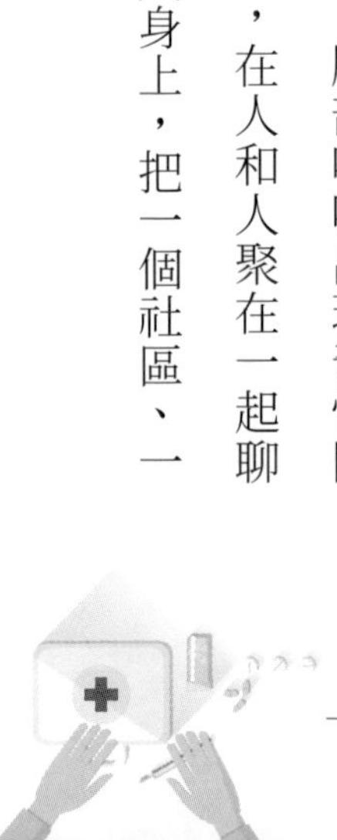

平凡中得恩典

離開台灣到越南將近三個月，幾乎天天都以醫院爲生活的重心，早上五點起床準備，六點準時搭交通車到同奈省的醫院，經常第一位到醫院國際醫療區上班，似乎許久未曾這麼認眞出勤；常常有病人或有疑問的朋友問那一天可來看診，有點不好意思回答，只能照實「每一天」，從星期一到六都在這一邊，當然讓他們很放心。

今天伯朗咖啡越南工廠主管特別開車到醫院送來濾掛咖啡一袋，感動得來不及婉拒笑著收下，不只是因爲咖啡是我生活中難以拒絕的唯一救贖，他開了兩個小時的車過來，眞的難以拒絕。

有一位開餐廳的朋友因爲血糖控制不好，剛來的時候脾氣很大，講話很不客氣，對於血糖、膽固醇檢查結果都超高很不諒解，「爲什麼我的血糖還是那麼高？」好像買了高檔服裝的先生付了錢後，向店員抱怨爲什麼他還沒長高一點；更像是醫生造成了他身體的異常；後來慢慢跟他說明，血糖膽固醇的來源，病情改善不少；昨天回來門診，送了他親手揉出的饅頭，用一張粗粗的白紙包著；這樣的饅頭應該只有餐廳老闆所送，沒有單獨外賣的那類，像家裡母親特別做的，毫無化妝的扎實；年輕的同仁看到饅頭，心花怒放；這些甜蜜的小小心意，總是那麼令人感覺幸福。

剛來越南，有一位大哥心肌梗塞發作差點丟了老命，治療之後恢復了許多；他住距離很遠的工業區，一趟要兩個多小時車程之遠，最近回來複診，拿了一大袋他自己去買的越南咖啡豆，調理出特調的咖啡包，包裝上印著他精心設計的Logo；以他到越南20多年獨來獨往大剌剌的個性，靦腆地帶禮物給原不認識的臺灣醫師，我看到了一位外表粗曠而內心細膩男人的身影。

絕大多數來越南的外國朋友比我在這邊資深很多，或許他們察覺我只是一位剛來的新生客人，也就主客而言，似乎應該要照顧我，這樣的親切，我是完全可以接受的。

這個國家雖然快速經濟成長，加上繁忙的工業製造，生活品質很難像台灣一樣細緻多元，但是卻保留了原始的人情，雖然沒有雕琢包裝，卻是原汁原味！

出院病人送來的伯朗咖啡飲料

誰會關心遙遠的陌生人？

生長在台灣的我們很幸福，在一個太平洋的小島上，只有颱風和地震，其他僅有偶而外來的病毒或寄生蟲入侵小島，幾千年來不斷有來自各地的人跨海搬到台灣住，不管是爲了逃離原來生活環境，或者追求更好的未來，竟然發現住在台灣相當不錯，決定繼續繁衍，因此讓台灣在過去多年一直是世界上人口密度很高的地方，爲什麼呢？是因爲這是一個好地方；也因爲有很多人在台灣努力耕耘，幫助許多人在台灣成長發展；但是這樣的幸福，卻不見得天天感激，因爲人們容易習慣這樣的好運，以爲是上天免費送給我們，所以有許多人喜歡抱怨，互相吐槽，善於批評，忘了當初從遙遠地方搬到臺灣，經歷千辛萬苦才到台灣，是前輩犧牲了許多得來的。

在病房查房，牆上有一張大海報，是兩千年千禧年成立的全球基金Global Fund製作的海報，雖然只用越文，卻驚訝全球基金關切越南中部和西部內陸的少數民族，詳細圖示說明怎麼樣避免登革熱和瘧疾，教他們如何將家裡附近水盆和瓦缸清理乾淨，收拾塑膠容器；這些內陸山區的原住民住的房子，用了很粗的木頭蓋起來的群體房子，看似爲了躲避野獸和蚊蠅的侵襲。

前幾年在日內瓦工作，曾經針對全球基金能夠從已開發工業國家募集很多錢，幫助世界上醫療衛生比較落後的國家，這樣的善心很不容易；在越南的醫院更深深體會，基金將關懷和疾病的照顧放到弱勢和偏遠的鄉間，即使深入越南山麓的原住民家庭；或許多數山上的人不知道這些善心從哪裡來，但是人需要共同合作來對抗我們的敵人，減少有些人具有強烈的侵略性，寧可犧牲別人的生命和自由，只爲了個人的和少數人的利益；我們還要學習共同合作，想辦法抵擋蚊蠅和新興的病毒，更要考驗自己，如何和偏遠山區不同語言文化的人一起合作。

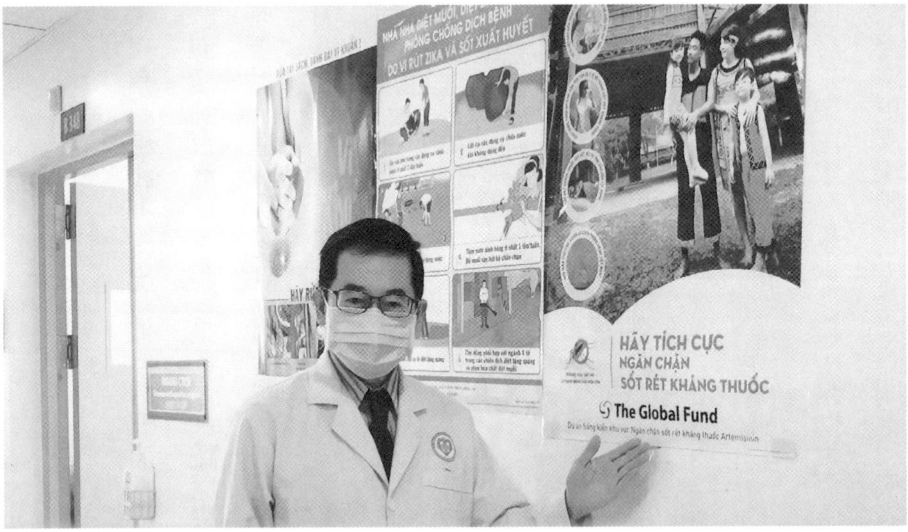

瑞士全球基金海報到達同奈病房關心越南山區的原住民族

非常時候的病痛

這兩天胡志明疫情似乎稍稍平緩，雖然逐漸熟悉這一種天天增加的診斷數，但鄰近的省份也跟著爆發，包括北邊非常多臺灣企業所在的平陽省，緊臨胡志明南邊的幾個大省也紛傳疫情，連我們所在的同奈省先前都能保持低感染，也不得不關緊門戶；這種從外地移入的少數個案，先在大城市的小巷後蘊釀，像胡志明的地下教會聚會原本只是單純的民眾活動，卻點起最近一波火苗，等到確診數爆發，當局察覺不對，開始嚴格管制，卻已從一些日常生活必需的升斗小民移動中，從大城市移到周邊的小城鎮。

疫情發展之後來醫院看病的如果跨省，都要經由快篩和等候結果，方能進到院內，確實增加看病的不便；從原來交通不方便和醫師人數過低，就醫已極不易，現在更再加上跨省界的管制，及篩檢的繁複，對病人成了雪上覆霜。如果這時候又有身心病痛，就眞的求救無援；

在這樣困難的時候，越南卻因爲歐美經濟回復，帶動大量民生用品需求，而報復性消費和復甦，製造業訂單大量增加，各地的工廠無日無夜趕工，成千上萬的貨櫃從工廠等著前往港口送到海外，這時候如果工人生病，尤其若染疫，造成工廠人力缺乏，工廠老闆只能望洋興嘆！

在這種利益衝突健康矛盾的時候，如何精準地提供醫療和細膩醫療服務管理，更顯需要；如何取得供給和需求的平衡，考驗著每一位疫情籠罩中的我們，好像走在懸崖上兩頭僅有鬆弛脆弱的鋼索，前無典範後有追兵，只能找尋堅穩的手，謹慎前進。

病房難得出現艷麗的花朵，病人用心情回饋，鼓勵持續工作的醫療同仁。

（為了避免影響花容造成失色，只好短暫取下口罩，好險！）

病人送給護理站的鮮花

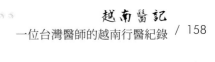

醫生和病人的緣分

今天剛好走到這特別一年的一半，覺得應該在地上或者空中劃一條線，靠近這一邊的是上半年變化多端的轉運，另外一邊有可能和大家一起重新站起來，能夠互相擁抱，慶祝戰勝病毒的下半場；剛好是離開台灣的第一百天。

在醫院每天都有許多不同的驚訝，在一個幾乎完全陌生的環境，每天會來醫院請教拜訪或尋求協助的朋友，若不是前一輩子結緣或三生有幸，怎會在越南南方的同奈，完全沒有被告知或者預警之下，會和他們認識。

昨天一位在越南經營相當成功的企業主，因為胸口沉悶拖了好幾天都未就醫，還好他的老朋友極力鼓勵他積極處理，對於有糖尿病和高血壓又因為過度肥胖再加上過度應酬不斷的中年男人，胸痛加上冷汗持續，早就超過黃燈警戒；我們很快安排他住院檢查，確定了他的病情，一再強調他是高風險中的高風險，他靜靜點頭稱是，就像考試等著補考，卻不知道如何復習的學生一般，既然他都願意將酒牌取消交給醫師，我也很願意向他的朋友宣告，往後要善待這位好客的老鄉。

今天有一位事業也很成功的中年女主管，急急忙忙趕來醫院，陳述這幾天偏一邊的頭痛，和過去多年複雜又一言難盡的就醫經驗，她在台灣和越南兩地斷斷續續爲事業打拚，夾雜著逐漸衰弱的心臟和起起伏伏的心悸，我們醫院若可以是她獨自在外打拚多年，像在大海浪濤中捕鯨的老人一般，面對突來驚濤駭浪中，浮現的救生圈，我們醫師有緣在異地裡拉她一把；她在台中大雅發跡，而我也才在台中重新落腳，沒想到在此之前，她跟我都不知道會在此相遇；如果醫生和她的病人有緣份，醫生當感受到這種奇妙的巧合，更希望即時的醫療可以助她渡過難關，繼續邁向未來更長遠的路途。

如果和病人有這樣的緣份，我希望能持續廣結善緣，幫忙每一位從前面迎頭而來的朋友。

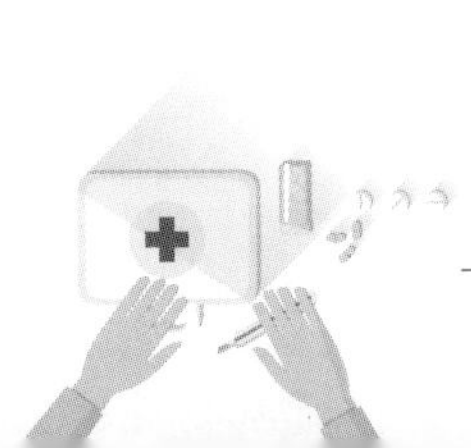

自由人權和公衆利益難平衡

3月25日抵達越南，立卽隔離到4月11日，在胡志明經歷了超過兩個星期、15天防疫旅館；三月底當台灣和越南疫情都在極低風險、R0值接近零的極佳狀況，大家還記得那時候在台灣過著幸福快樂、只需戴口罩的日子，生活完全不受影響；但只是飛到三個小時遠的越南，卻被迫要關在一個三坪不到的小旅館，足不出戶看不到天空窗外，只能看隔壁牆的小房間14天；在進入那個小房間之前5個小時，我還在自己家裡和工作的醫院正常生活，持續工作照顧病患；越南認爲台灣的病毒很多，從台灣來會帶進來病毒，因此將我視爲危險人物病毒攜帶者，要關起來14天，做2次PCR看看再說，卽使這樣隔離的科學證據不高，似乎在台灣和越南都也沒考慮修正。假如越南或台灣決策的人願意仔細研究，哪裡可能發生問題接觸病毒？應該是在機場出關大廳、上飛機的空橋、飛機上、或抵達另一個國家機場的入境大廳？然而，入境大廳的安全應是自己國家可清潔管理？照理不必記入對方的帳本上？

三月，越南和台灣的疫情一樣輕鬆，非常少個案數，死亡人數也很少，同樣是世界防疫的模範生，但兩個國家未互相承認或恭喜彼此的成就，眞的可惜。

一個國家要一個原本正常生活、PCR檢測陰性的人，像囚犯一般地關起來（感謝越方提供還算豐富的三餐）的原因是什麼？只是國家跟國家中間以牙還牙的方式？

當台灣對國內的疫情不放心，防疫主管就不斷地用磚塊墊高臺灣和其他國家之間的圍牆，認爲我們把圍牆墊得很厚很高，讓台灣民衆覺得主管單位有在工作，將外面的病毒和風雨擋在外面，像街道出了搶案，警察局派出許多亮著槍、鳴響著警笛的警車四處跑，不確定盜匪是否抓到，至少展現，政府在做事，你們看，酒駕肇事後，加緊派出警員路檢酒測辛苦巡邏；一隻蚊子咬人產生登革熱，先來個社區全面噴殺蟲劑大消毒，在民衆面前宣示對蚊子開戰，如羅馬軍人處罰耶穌，要祂淌著血扛著十字架、一路任憑路人辱罵，這類古代處罰人犯前，遊街三天教育民衆的警戒；蚊子有捉到嗎？不是那麼重要。

這是人性歧視偏見的根源？因爲我們這樣做之後，另外的國家也自然將他們的圍牆墊得更高，避免我們的病毒跨過他們的圍牆，自由地流向他們境內。

這種鄉愿或慣例，可能引起國家主事者之間的不睦或敵對，可能傳播不安給他的人民，須避免兩國人民之間築起新的圍牆產生隔閡分散。

人類文明發展到21世紀，本該好好共同經營世界地球村，有些國家用極權專制鐵腕管理，藉武力擴大勢力。台灣的防疫以防疫爲目的，如何避免強硬手法，避免被誤爲其他惡名狼藉極權專制國家。

美國和歐盟已經準備開放邊境，歐盟也列台灣爲低度感染國家，台灣人可以自由飛行到美國和歐盟的任何一個國家，不需要被迫隔離幾個星期，甚至還可以舒緩滿足民衆打疫苗的期待，讓台灣人飛到歐美施打疫苗；台灣本可感謝這些國家開放有信心地接受我們的民衆前往。

全世界開始仔細一步步理智地開放邊界，開放任何需要的人進入國境；台灣身爲國際防疫模範，如果卻因爲少數新型變種病毒入境就斷然處置再築高牆，影響到沒有選擇的民衆，除了被排在第10類或第11類遠看冬天才可能接種到疫苗，有一些朋友因爲工作而被迫到國外接種疫苗，獲得接種疫苗證明，可以自由旅行；當他們回到自己國家，卻被當作外國人，可能帶著變種病毒給予遇待；這些民衆已經在國外接種國際認證、台灣期待的疫苗，我們的大使和衛生部主管親自到機場去送迎滿裝疫苗的貨櫃，民衆像久旱逢甘霖一般期待，但是當這些疫苗打入身上，同樣是讓人五體投地的疫苗，卻被防疫單位視而不見。

檢疫方式常用處罰的心態去規範，「因爲你特別，所以要給你隔離檢疫」；一個人將他的自由交出來，以保護其他的人，就像當兵服役一樣，犧牲了自由，應該得到獎勵，至少一天給個幾百元，例如隔離14天給5千，並且由政府或雇主出錢，因爲我們要感謝他們接受隔離；沒有獎勵的行政，是缺失，難稱爲高明的行政手腕。

醫療人員介入隔離執行，是非常危險；醫療人員應該給予人健康自由的權益（例如幫忙施打疫苗），而不是剝奪一個人的人權；期待醫療朋友執行隔離任務時，站在同情受隔離的人，不需要像管理犯人的人，誤踩剝奪人權的一邊。

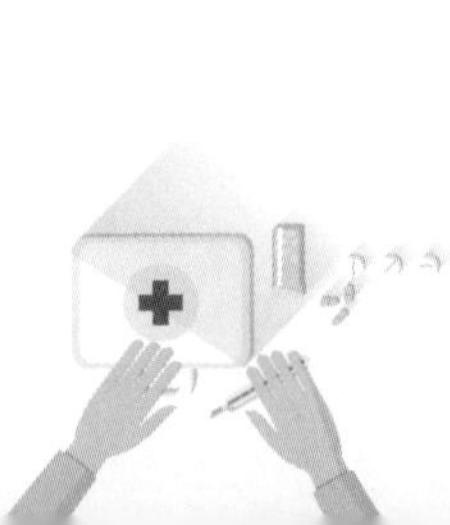

病毒或我們給自己的處罰？

自從新冠疫情爆發以來，從台灣搭飛機到越南前、入住越南防疫旅館第二天和解隔離前第14天總共接受三次用棉籤鼻咽採樣進行PCR檢查，今天接受第一次抗原快篩，因為胡志明市被越南列為高度警戒區，同奈省衛生廳對於來往胡志明市和平陽省的民衆要求「入境」要有陰性快篩證明；每一次快篩效期只有七天，因此每七天需要做一次快篩；如此一個月要接受四次檢查，沒有止境。

什麼時候病毒才願意離開？還是病毒註定給人類無期徒刑？

如果我們沒有更好的疫苗和抗體對抗它，或者說我們沒有更好的智慧和信心，人跟人會越加疏離，彼此防衛心越來越嚴重，病毒帶來的後遺症，最嚴重的恐怕是人喪失對他人的信心。

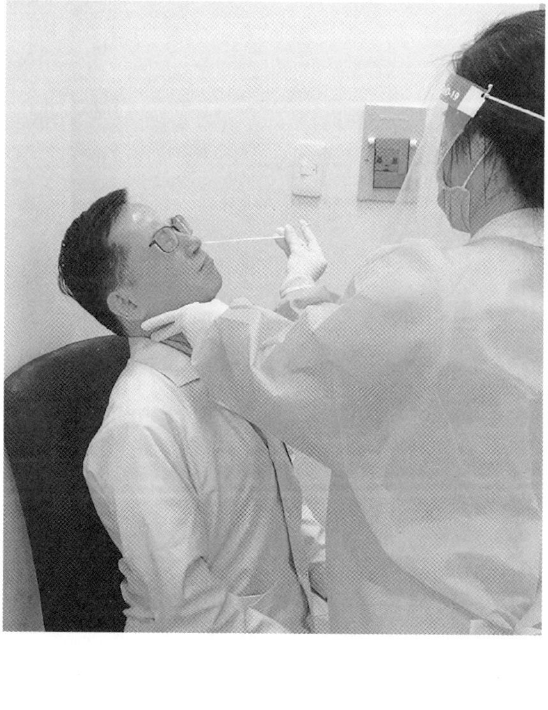

醫院幫忙檢驗的護理師個子迷你手巧細膩，嚴謹的大教授只能溫順地任憑使喚，棉籤深入鼻咽數公分長驅直入，又左旋右轉，努力找病毒，眞的不舒服。（註：往後到第三次之後覺悟自己執行採檢，既方便又讓同仁減少暴露；同時有錄影照相存證，確保認眞執行）。

雷神的午後

最近進入雨季，常常午後接近傍晚有雷陣雨；一天剛下班，遇到好時機，好奇地想了解，雷神隊伍如何組成陣頭抵達西貢河上。

剛開始像是一系列奏鳴曲節奏，輕雷此起彼落，在厚薄不同的雲層間起起落落炮聲隆隆，究竟雷神主角發出的隆隆聲吼，由誰帶頭？偶爾會有配角小響，緊接著回應崆崆，乍聽有一點像心跳一般噗咚噗咚，卻不容易掌握選擇的音符節奏，只見雷神舉著手上的雷射光柱，在雲空不斷地劃播映虹，時東時西或南或北，好幾回見光柱直衝對面大樓屋頂上的陽台，嚇得一群小孩回聲尖叫，令人目不暇給難以掌握，就這樣子這群雷爺雲姑在前頭翻覆遊走，等它們翻雲覆雨玩弄半天，漸漸地打散走遠，

雲層也跟著散開。

胡志明的夏天和想像很不同，白天溫度稍微昇到30℃，傍晚雨後入夜可降到24-5℃，不僅不需要冷氣，也提醒病人夜裡需要蓋被；如此接近赤道卻有涼爽的夜晚，相對於台灣夏天暑氣逼人，常直逼40℃的汗流浹背，越南比台灣更接近赤道卻未因此而暑氣難消；這邊中暑的情形也不常見，頂多因爲製造業工廠趕進度，工人高溫流汗而造成嚴重脫水，否則胡志明的夏天眞像畫一般！

好不容易留下雷爺陣頭擺出各種姿勢，比起人世間爲了爭吵疫苗搏鬥病毒的鬧劇，天上的雷劇相對清新高雅。

打了疫苗抗體能撐一輩子嗎？

不曉得免疫學者如何解釋，抗體能否撐一輩子？我認為因為遇到外來抗原，身體產生抗體，一旦這一些「特別」的抗原不再繼續對人產生威脅，人體對它不再感受新鮮，例如病毒不再繼續入侵，人體製造太多抗體，自然無用武之地，因為身體還需要應付其他類型抗原入侵，忙著去製造其他抗體；體內的蛋白質和抗體產生本有其極限，不像人的財富或人類歷史，可持續累積，代代相傳，但一個人多少體重製造多少蛋白，本有生理回饋調節，身體內的抗體的類型和數量自然有其極限，否則年長者累積一堆過去多年所接觸過的病原而產生的衆多抗體，萬一用不著了，豈不成了累贅？

我們身體保存幹細胞維持我們身體的再生活力，讓人活到老學到老，持續維持組織新陳代謝，也才有能力生產新的抗體；反之，不需要的抗體，慢慢就應該被稀釋或淘汰。

若有科學家幫忙釐清；人體淋巴系統的主角B細胞、T細胞等，醫學上了解當它們面對「單一」抗原時如何產生抗體，但是身體經常要應付太多抗原，且同時有多種抗原須面對，而人一輩子經歷無數的抗原，難道它們可「無止境」的滿足人體的期望，不停再生擴充記憶體？免疫細胞按理有其極限，適時讓過去需要但未來用不著的免疫記憶細胞自然淘汰，似可預期。

卽使新冠肺炎疫苗打了兩劑，甚至打三劑，誰有把握永遠有足夠抗體；況且，病毒仍然不斷變異，恐不需要保留太多對Alpha變種的抗體，當Delta來的時候，趕快來生產對付它的抗體。

人說識時務者爲俊傑，人的免疫機制經過幾億年演化，應該早就更聰明！人體恐怕比人類社會更有智慧，集中製造對他有利的免疫反應，不需要陳腔爛調舊抗體類的無用之兵！所以，卽使新冠肺炎疫苗打了兩劑，甚至打三劑，也沒有把握永遠有足夠的抗體；況且，這個病毒仍然變新的，有需要保留那麼多對Alpha變種的抗體嗎？還是應該趕快來生產對付Delta的抗體比較有效？

離開胡志明的最後晚餐？

傍晚剛剛從醫院回到胡志明享受忙碌一天後的清閒，秘書卻在下班後來電，應該是急事，我想，果然原本的擔心卻成眞，必須緊急撤離胡志明，回到同奈省震興醫院，「因爲很快就要封城」，明天就沒辦法離開胡志明。

這個突如其來的指令，按照上一次類似的經驗，和這兩天助理不經意的提醒，加上胡志明附近省份連日來病例急速攀升，預料中不想面對的難題竟已成眞，爲了避免困在胡志明無法回到醫院，決定立卽起身！同事說你可以趕緊吃個晚餐，再一起出發；看看有一個小時左右，決定將在胡志明最後的晚餐，好好地用最快速度彌補；趕緊下櫃子最好吃的麵條，一面開始收拾行囊；問題是，到底應該帶什麼？

若依照諾亞方舟的原則，選擇雌雄各一對可愛的動物寶寶搭配，現在的諾亞要帶什麼一起走？除了隨身換洗衣物，電腦和刮鬍刀算一對，上班的襯衫和出外的便鞋可算一對，長期使用的高血壓和降血脂藥，當然是「麟洋配」，洗面保養乳霜和定髮膏也不能少，萬一要在同奈長期生活下去，還需要有出外便服和運動鞋，防蚊液和克蟑也非常必要，保養頸部酸痛軟枕頭，和治療腰痠的電熱毯也是必要，至於冰箱裡面味美的芒果，和同事剛送的木瓜，眞的捨不得不帶走，萬一兩個星期後才回來，豈不冤枉難得的美果？

最捨不下的是窗口種的兩株小盆栽，是剛到胡志明時在超商櫃檯下面找到的，剛帶回家適應不好葉子乾枯，後來換了較大珍珠奶茶杯當花盆，又從醫院旁草坪帶泥土回來，終於讓小草能夠在陽台上伸展出一枝枝嫩葉，可惜這一刻卻必須捨下他們，未來不管搬到哪裡，都不若屬於他們的陽台！

正當行李逐漸打包好，約定的時間剩下幾分鐘，秘書的電話又響起，道歉地說，暫時不用隔離了！

雖然鬆了一口氣，但覺得像是一趟必須走的單程，再多的衣服，難道有那麼重要？他們應該是最不需要讓人留念；唯一放不下的，會希望這兩株小小花草，能夠在大地上繼續地成長壯大，有一天他們可以長成大樹，幫後人乘涼！

和越南一起渡過難關

二〇〇二年底派到日內瓦準備和世界衛生組織進行協商，亞洲爆發SARS時，因爲瑞士沒有疫情，遠遠地體會台灣克服SARS的困難和成功的故事，二〇〇三年7月台灣不再有社區傳染，也完全控制國際傳播，世界衛生組織急著宣布全球根除SARS病毒的前一天邀我採訪；7月5號上午11點左右，我在世界衛生組織大樓前草坪和世衛一起宣布戰勝的一刻，晃如昨日。

沒料到新冠肺炎病毒比SARS傳播和殺傷力更強，前半場台灣和越南防堵病毒都做得可圈可點，二〇二一年3月放心地到胡志明，看到越南在低感染下，社會逐漸放鬆解封，準備宣布勝利；四月底越南難得長假三天，卻開始第四波病毒大量傳播，胡志明市和隔鄰震興醫院所在同奈省尚能享受一點疫亂中的寧靜，到附近的賣場購物，也可以到附近的公園跑步；但是這兩個星期不只戰雲密佈，更已經毒臨城下。

上星期五醫院配合附近地區工廠員工快篩和社區快篩的需要，開始提供大量快篩服務，這兩天更大規模地架設民衆和工廠包車前來快篩的動線，醫院動員許多醫師、護士、藥師和行政人員，和最重要的檢驗同仁及維持秩序的安全人員，非常迅速有效地在醫院另外一側原來未使用空間，連夜佈置成大量篩檢的場所。

一早就有許多民眾排隊前來，我看醫院的同仁非常有效率聚精會神地準備，感到無比的信心，雖然多少有些生澀，經過大家上上下下討論修改調整，排隊的隊伍也提供有秩序地逐步進行，因為怕下雨很快搭了雨棚，怕等待的不耐，很快就有冷飲服務，給收集樣本後等待結果的民眾，更是細膩感人。

台灣因為五月中開始疫情爆發像火山一般崩裂，越南則從北部逐漸向南溫溫延燒，我們像走在台灣對抗病毒戰場後方，約略三到四個星期左右，越南這邊準備的速度也很快跟上了台灣。

這兩天台灣的疫情逐漸好轉降溫，胡志明和同奈則即將進入最後的撕殺，期待在越南南方的醫院，和越南一起，打贏這一場非贏不可的戰爭。

醫院提供民眾在空曠的廣場和樹蔭等候快篩結果

穿越的醫療

越南南方的疫情日趨嚴峻，許多朋友擔心到醫院感染病毒的憂慮，又受到他們所在省份到外的限制，因此醫院很積極地開始視訊診療服務；原本以爲會受到行政限制難進行，我在台商企業群組上簡單分享，過兩天陸續就有許多朋友來電詢問，透過網路預約掛號，完成視訊看診，我們並沒有用很複雜的資訊系統，靈巧的助理接到電話，雙方拉起越南普遍的Zalo連線，確定我的時間，馬上就線上視訊；我一邊和他們討論，仔細看他們講話神色，了解過去病史和現在的不適，一邊看他們過去醫療記錄，一邊還同時作記錄，順利地幫不少朋友診斷和提供處方，助理在旁負責確定繳費，並將藥品寄到提供的地址，解決了很多長途舟車勞頓的困擾；視訊診療比想像還平順地多。

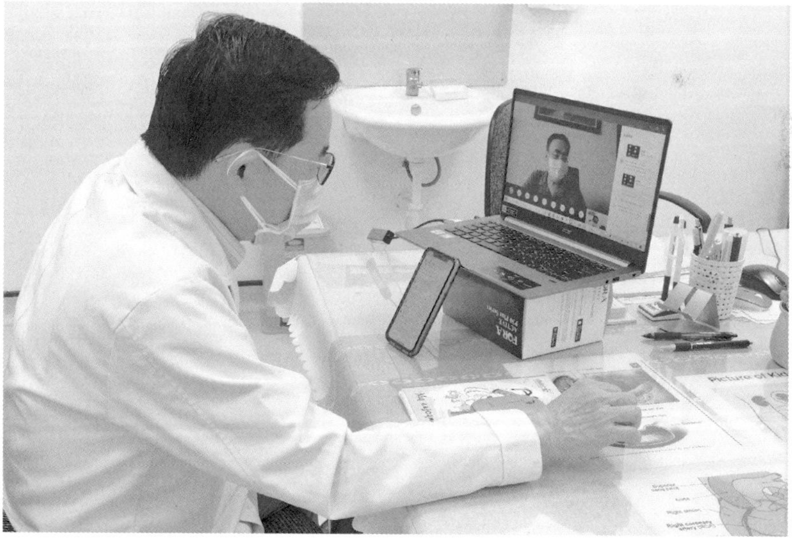

簡易視訊醫療立即通

有趣的是，有一些越南本地台灣朋友，有興趣知道震興醫院來了臺灣醫師是何方神聖，雖然接觸了台灣的醫療意見，仍透過視訊前來多方諮詢，除了解除心中疑慮，也不見得要求提供醫藥，但是有醫師關心他們的疑慮，聽聽他們的狀況，顯然放心不少；對於這些朋友，我也暗示助理不必額外收費。就當作交個朋友！不料兩天後，這位朋友竟然寄了兩盒高級台灣茗茶，價值匪淺，令我會心一笑。

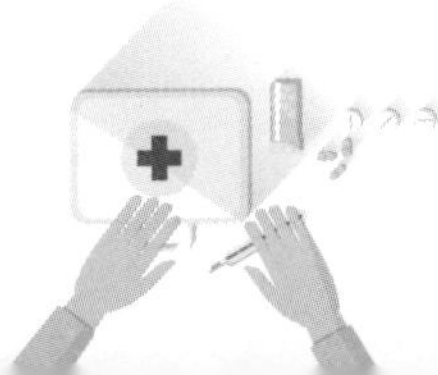

天堂關門的一天

旅行一直是最好的休閒，加上在越南沒有其他交通工具，只能靠兩條腿勤走路；星期一到星期六在醫院走來走去，上下樓梯幾乎不搭電扶梯和電梯，助理跟著去查房都說吃不消，遠遠在後面緊跟，漸漸成爲走路的獨行俠。

等到星期天可以休息，當然利用機會到附近走走看看；親切的助理提醒，很多省份已經在前天和昨天陸續封城，要我格外小心，一旦出門說不定就被圍堵居留，萬一怎麼辦？

但今天明明是禮拜天，附近有一座天主教堂，一定要順道過去看看！我沿著邊和鎮阮文圖Nguyễn Văn Tố小路[6]往西貢河支流方向慢慢地走，仔細地不想被察覺；一路上有些出來購物的人流，許多商店拉下鐵門，頂多開了小小門縫，整個路上行人只有我一人，畢竟越南摩托車太方便，大熱天有誰願意慢慢走路。

終於到了地圖上標示的天主堂，星期日不是應該有許多人來做禮拜嗎？大門竟然深鎖！因爲疫情而禁止人群聚集？覺得相當遺憾，人因疫病而懷憂喪志，正需要信仰照料，是否開放線上彌

6 他是越南民主共和國成立的一位黨國元老

撒和宣教？幸運的是，發現斜對面竟然有一個非常大、佈滿十字架的墓園，應該是天主教徒的園地，有趣的，墓園的門大大開著；難道活著的人比較危險，逝去的人安靜而無礙？

這一次病毒已經帶走世界超過四百萬人病毒帶他們到地下或天上去旅遊，活著的人爲了繼續活下去，必須要保持社交距離，斷絕人和人的各種連結；如果有一天天堂的大門也關了，人類存在的終點又是那裡呢？

教堂於周末也被迫關閉

新隆平小鎮

自從撤出胡志明之後，暫時留在同奈省，卻因此有機會仔細品味附近社區的生活，遠離大都會的城鎮，完全沒有高樓大廈，難得開始體會越南人樂天隨和的生活方式，先前一些前輩說出外要小心皮包安全，在新隆平小鎮Long Bình Tân顯然多慮。

小鎮由一條彎彎的雙線小路穿過，即使在周末，兩旁許多小商店被要求休息，店家利用機會忙著打掃前庭，或把久未修理的機械噴新，平常疏於照顧的小朋友和貓咪，卻因此獲得額外的注意力；嚴格的行政隔離將家人關在家裡，幫我們多注意身邊的小小事物。

新隆坊看家的貓

能陪著小主人跳探戈的小黃狗

眞情無敵

去病房看住院開刀後的病人，我們全身配備，雖然看不到病毒，但是我們心中很憂慮，我們的夥伴因爲積極努力而倒下，我們默念著經文和祈禱，不斷提升並仔細檢視我們的裝備，希望這些醫療事工是對的，似乎心中無敵。

跟著查房的醫務秘書倒是心有戚戚，辛苦她們了。

助理阿娥是最重要左右手

胡志明的疫亂情迷

越南南方胡志明和附近幾個省份的疫情進入新高峰，每一天都有上千個確診個案，越南政府採取分段分區全面封鎖的方式，例如萬華有陽性個案，整個萬華區先一部分封鎖，再發生新的個案，另外一部分也封鎖，不斷地擴大封鎖範圍，發現F0馬上送往遠方軍醫院隔離，F1、F2則需要快篩隔離，一次21天；發現個案的地段，也一段段地擴大包圍，可以想見造成的混亂和不便。

醫院一方面配合各地區和工廠要求快篩的需要，一天上千人來進行快篩，醫院周圍在國道上停了一整排大卡車，司機們跨過省界被要求每三天要作一次快篩，造成附近車水馬龍；有司機檢查確定染疫，立刻被衛生局用專車送到遠方隔離，他們從遠方開來的車子，載著許多人等待的物資，公司只好派人開走，這樣熱鬧好幾天，很多物資供給就要成大問題。

越南現在在國際製造業佔得比例越來越高，國外訂單不斷，仰賴這些大貨車從國外或遠方進口物料到本地工廠，也從本地工廠將成品運往港口送往世界各地，但是病毒透過各種方式阻隔人的來往，阻斷國際物流，顯然達到病毒的目的。

陸續有台商染疫被隔離，台商社群發起全面搶救援助，在異鄉爲事業爲公司打拼，卻被病毒關在特殊傳染病醫院，各個難堪至極。

下班開始下起一陣陣大雨，和過去午後雷陣雨不同，一直下到今天清早才停息；我沿著QL51國道走很長一段路回到暫時的邊和，中途被暴雨打斷，看著成百千奇百怪停在路邊的大貨車，和胡志明的市民，感受非常的不安。

原本繁忙的國道此時寂靜地送走夕陽

爲他祈禱

上星期越南台商緊急拉了一個Line群組，針對胡志明和周邊受感染朋友成立互助團體，受邀參加後，發現許多熱心的台商朋友東奔西跑，協助準備對抗病毒到達，開始有工廠外籍員工染疫，工廠需將員工區隔，全面篩檢；從一個工廠到另外一個社區，再到另一個工廠，像五線譜上的音符，如譜疫情曲，看著他們無止境互相支援，沒有一個人喊累，眞的令人敬佩！

兩天前有一位台商朋友被確診，他和另外同事慌亂中等待被地方衛生單位接走，群組的朋友紛紛加入關切，上百人焦慮不安此一句彼一句，許久之後另外同事說已經被帶走，安置在某個一個軍方隔離醫院，大家接著七上八下地等待他們的消息。

幸好一天後一健康較佳的女同事，開始頻繁分享另一位同事的病況；他確實持續發燒未歇，腹瀉不止，血氧第一次降到95更下滑到94，呼吸覺得疲累因爲全身倦怠無力而呼吸困難；透過好幾位台商朋友設法牽線，終於安排和他視訊，看著他紅著臉講不出話來，他雖努力，講話幾乎聽不見；所幸女同事陪同讓我了解整個病情，而隔離醫院只有簡單點滴和營養劑，我察覺高度危機，於是趕緊向台北榮總陳威明副院長求救，請他推薦最有經驗醫師協助諮詢；很快北榮林邑璁醫師迅速加入遠距多地救援團隊，將過去北榮照顧上百位新冠病患的經驗分享；由於越南並未核准瑞德西維（remdesivir），一早請震興醫院依北榮建議準備類固醇送往胡志明市，但同奈往胡志明兩天前已經完全封閉，聯絡了半天卻無法將藥品送達病人的醫院，令人搥胸！

我苦惱著台商大哥持續下滑的氧氣，又呼喚北榮林醫師協助了解病情，心中感謝林醫師有價值的建議；被隔離在30公里遠的這位大哥，隔離醫院更要求與外界關切完全隔離，我們能做的已經非常有限，這個病毒在他身上已經超過十天，讓他原本硬朗的身體變得虛弱不堪；按照經驗，他已經撐過最艱困的前十天，希望未來幾天，他能繼續撐過谷底，漸漸地爬起來，也希望我們的藥可以很快到達他的手裡。

我祈禱上天憐憫和胡志明許多同伴的鼓勵，有更多機會產生充足抗體，戰勝病毒，堅強地站起來；我祈禱他盡快恢復體力找回氧氣。

遠比想像還要美麗

二〇一〇年因爲台北醫學大學開始招募國際學生，越南河內是我們到國外招生的第一站，當時認眞想到越南擴展的學術機構，幾乎絕無僅有，是因爲聰明伶俐的南方孩子改變我的想法？雖然他們英文不怎麼流利，但渴望學習的眼神令人感動；相對於台灣富裕生活的學生，比較起兩手空空只想充滿知識的越南學生，應該給誰機會？

慢慢地有越南學生到台北校園學習，從簡樸的越南到繁華的信義區，他們在吳興街窄小宿舍裡冒汗奮鬥的夏天，應該是很大的考驗，但我很少聽越南學生對於學習的抱怨，應該說幾乎沒有；前幾年有一位從胡志明來唸碩士的學生，本來就相當清瘦，到台北之後幾個月，不吃不喝努力地追趕功課，我跟他的老師爲他擔心許久，終於看他順利完成碩士學位，現在已經開始博士的課程；

醫院前新工業發展與後工業藝術

之後更多次訪問越南，感受越南人好客、對學識尊敬、愛慕台灣先進科技，相對於過去台灣崇拜美國、日本、歐洲的先進，在背後追趕的越南給台灣人不同的信心。經常到越南訪問教學，每次到越南都做貴賓一般，出入出學生們招待，也很慶幸能夠細細品位越南文化之美，在樸實中綻露出對自己文化的驕傲，比如越南的國服和音樂，樸實而黏著，剛開始覺得有一些枯燥，慢慢覺得這是南方文化培養出來的敦厚。

今天忙完醫院的事，醫院漸漸沉靜下來，刻意走出醫院的大門，去面對著前面國道51號繁忙的貨車出入，汽車喇叭聲仍然此起彼落，和醫院的寧靜形成強烈對比，夕陽也逐漸完成今天的工作，當左鄰右舍的社區一個個被疫情罩住而封鎖，鄰里在警戒線圍阻後交換著外帶食物，我倒覺得此刻的慌亂和病毒帶來的困惑，像浮在雲上的彩霞，路上盡是灰沙滾石，馬路上坑洞更陪著卡車聲隆隆，卻比過去到越南各地參觀的素美，更加粗獷有力；過去來來去去景點旅遊，雖提供了短暫的愉悅，卻和這次旅行的紮紮實實，像捆綁在電線桿上那一串串糾纏的電線，雖顯得雜亂難解，這才是生活。

台灣遠水來急救烈火

昨天（7月16日）朋友從台灣寄來一批自行抗原快篩試劑，上星期五和秀傳黃明和總裁分享越南此地疫情忽然告急，人心惶惶，感謝黃總裁愛心遠播，正應了古諺「海外存知己，天涯若比鄰」，遠在台灣還能體會遠方苦難的心聲，實在感激；隨後又獲得翁素蕙董事長和味丹越南楊坤祥董事長呼應，厚生基金會更馬不停蹄出面採購九百多人份快篩試劑，不到一星期突破種種困難，克服台灣到越南的物資運送障礙限制，星期五中午已順利抵達越南；趁著星期六醫院仍然上班，一早聯絡胡志明市和附近同奈、平陽、隆安商會，希望盡早提供給需要使用的朋友；優先將一批送到胡志明市，

秀傳黃明和總裁、翁素慧董事長、楊坤祥董事最快送達的抗原快篩試劑

因爲那邊好幾位台商感染。

不料布朗咖啡越南廠總經理聞訊，二話不說請同仁派送40箱各款布朗咖啡到醫院，讓已經連續好幾天忙碌不堪極度疲累的同事無比振奮。

越南政府已經通令南部包括胡志明市和附近省份今起全部隔離14天，各個省份間交通幾乎完全中斷，只有國道到各省份大工廠尚可通行，以維持國外訂單，但工廠老闆忙著應付情勢發展，所有員工被迫住在工廠，減少到社區接觸感染。

要讓多數員工住在工廠內，照顧他們生活起居和各種需要，工廠相對增加許多負擔！這種情形到底需維持多久？

醫院的同仁住在醫院宿舍已經成爲新常態，眞的以醫院爲家。

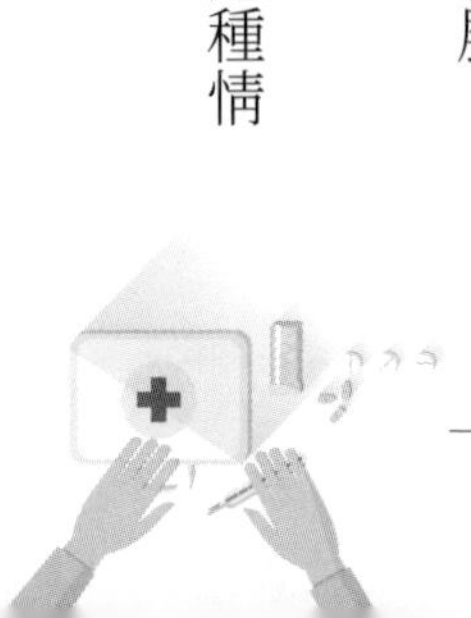

挑燈夜戰疫群雄

自從病毒入侵，醫院的服務跟著極大轉型，來門診和住院的病人需做快篩，外頭工廠、社區、跨省工作的勞工、需要突破旅遊限制的民眾，一天數千人來醫院排隊做快篩，醫院的醫師、檢驗師、藥師、和護理師忙得人仰馬翻，也有不幸受感染，讓原已緊繃的人力更加吃緊；下星期還應政府指令派遣醫護團隊前往胡志明市重災區，支援瀕臨飽和的醫院，我也向台灣商會拜託發出求救，請大家盡量忍耐保持社交活動到最低，醫院已經快吃不消。

昨天已經很晚，醫院兩位負責快篩同仁接近晚上九點剛剛完成工作，穿著全套兔子裝，快步地趕回家吃飯，敬佩他們的辛苦奉獻。

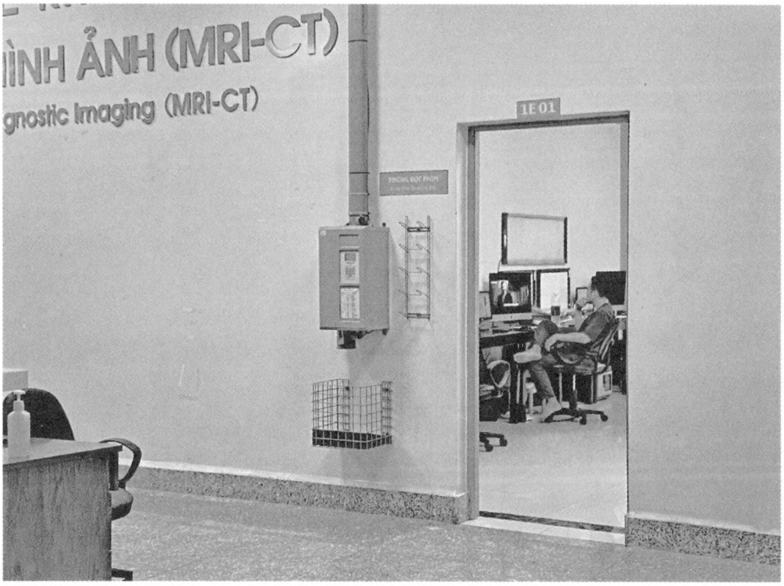

夜深了放射科醫師仍值班看片

天邊黑雲密佈，雲層中似乎上帝正和撒旦對戰起鼓，像醫院和病毒撕殺難分難解；這一場戰役明天將蔓延到何處？

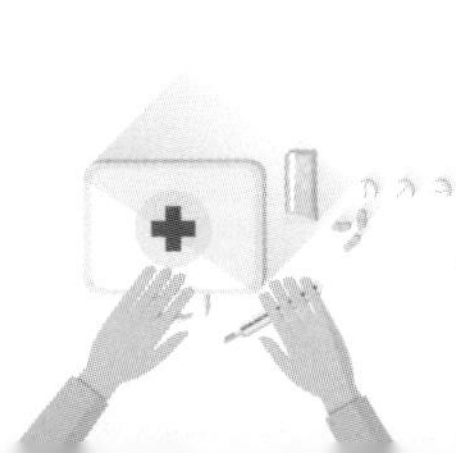

無題——越南向台灣求援

如果台灣疫情已穩定，懇請台灣協助越南。

越南南部每天新增好幾千例，遠遠超過台灣許多，而且是爆發性突增，此刻南部每一個省都封，省內各縣、各村、各里也封鎖。

很多醫院醫療人員已無法上班，或僅能住在醫院；有醫師、護理師受到感染，也隔離在醫院裡，或必須醫院治療，讓原本就極度缺乏的醫療人力更加困難；好幾個台商染疫隔離，陷入苦戰。

越南的醫療人力本就相對不足，人口台灣的4倍多，醫師數和台灣不相上下，護理師數也僅台灣一半，醫療本相對不足，加上資源集中少數大醫院，私人醫院少，疫情中緊急增加臨時防疫隔離醫院，醫療人手仍然不足；越南疫情直漲，每天新增上千人感染，原來的醫院擠爆，只能送到旅館去隔離。

此刻，在越南台灣人如果染疫，佔用越南極不足的醫療資源，情何以堪？生病，卻回不了台灣，怎麼辦？

在越台商將近20萬人，他們的企業提供4、5百萬工作機會，封鎖造成這些產業受到空前威脅；幫助越南就是幫助台灣，就是幫助全世界的產業。

台灣和越南向來相依為命，多少越南人幫台灣生育下一代，多少越南勞工在台灣努力貢獻，越南提供台商在越南優良投資環境，越南好，台灣更好。

越南是蔡總統新南向第一站，這一站如果能站好，台灣就更能落實新南向的合作發展。

越南好台灣就更好！

台灣人向來是最有愛心的，現在越南有困難，台灣一定能幫忙！

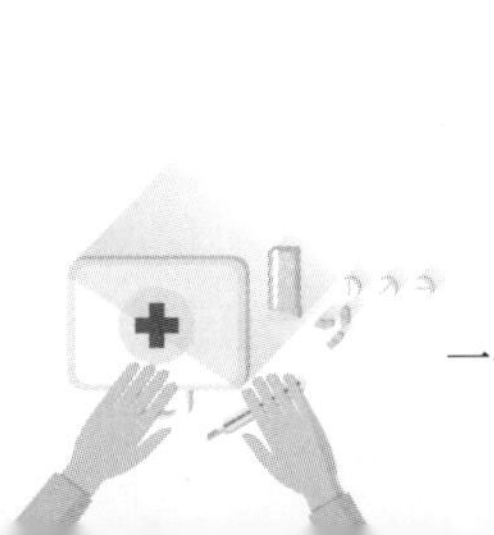

我們不能打烊

病毒已經打垮太多人，似乎無人能未倖免；連續幾天一到下午就有許多本地朋友緊急呼叫，他們的各種病痛，在疫情籠罩中更爲加重，更擔心下班後找不到醫生，趕緊來門診；也擔心忍下去疾病會失控，這些朋友緊拉著醫師的手，緊緊不放，好像將掉到水裡前抓著岸邊雜草，即使只有暫時保障；在如此隔離的交通狀況，把健康全交在醫師手上；醫院和醫師的任務，沒有終點。

困擾的是，醫院的資源逐漸減弱，自動販賣機已經許久沒能補貨，因爲買菜的困難，餐廳自助餐每天固定菜色，廚師難爲無米炊；又有病房因爲醫師感染而暫時消毒關閉，感謝年輕體壯守衛堅守著他的崗位，不讓病毒出入；有趣的，產科候診室仍有不少孕婦陸續前來，

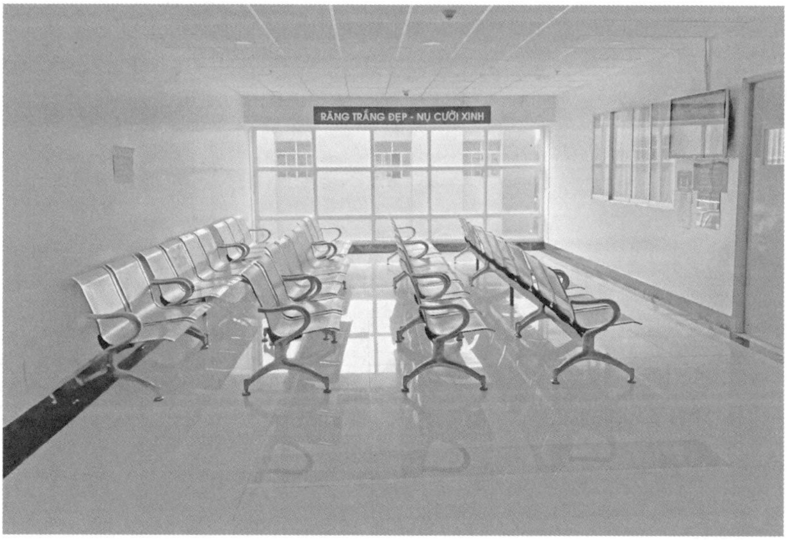

天黑了醫院候診室一角

穿過走廊就可聽到胎兒心跳大聲的彭鏘彭鏘，明顯感受這些待產婦的興奮和喜悅，護士是否故意把聲音開得特別大？好讓天樂般的曲子響徹醫院；此時，期待和奇蹟並肩而走；敬佩的宅配員，像發炎時特別需要淋巴血球一樣，奮勇帶來抗體養分，他們不眠不休勤奮奔走，卻只有零星的獎勵和掌聲，多麼令人敬佩；我相信，他們和我會繼續堅守下去。

感覺這是一座不想打烊的城堡，在漆黑的夜晚持續綻放出光芒，或許倉庫裡面的煤油已經剩下不多，老醫師已步伐沉重，但聽那即將到來的小生命，興奮的心跳聲，提醒我們要繼續堅持下去！

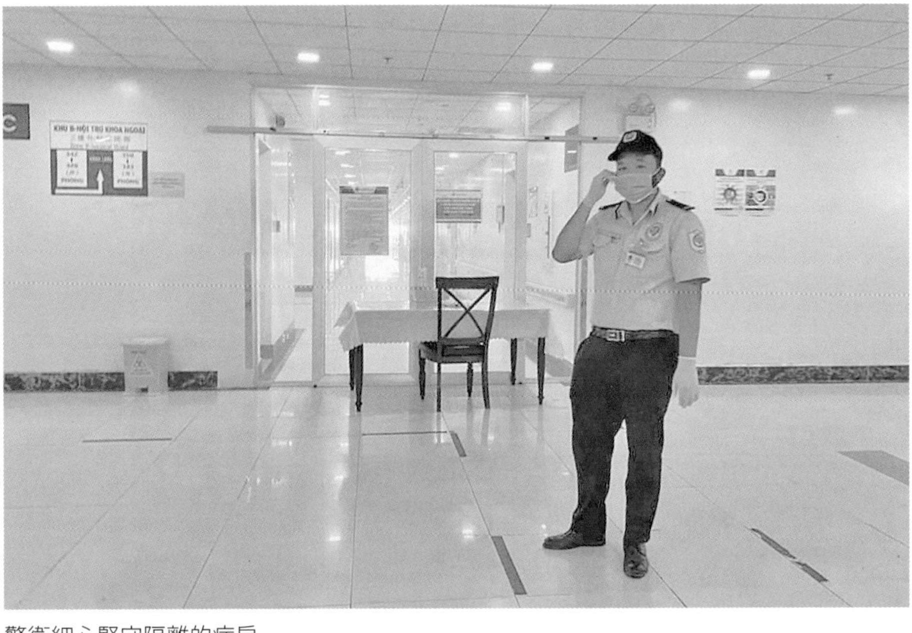

警衛細心緊守隔離的病房

讚越南的白色光芒

連續幾天好幾位台商重病或者感染新冠肺炎前來就診，醫院同仁手忙腳亂，從早上一直忙碌到深夜，夜晚睡覺前還爲他們擔心怎麼一步一步度過難關。

一早到病房看住院病人，護理站好幾位醫師已經忙著查房照顧病患，他們精神奕奕，似乎完全沒有受到病毒干擾一般；保全大哥在醫院門口負責調查訪客是否來自疫區，護理師們正準備搭車前往遠地支援；門口剛剛出院的新生兒留下靜靜的娃娃床。

醫院一天24小時幾百位醫護同仁努力地照顧每一位前來的病患，雖然醫院並不是百年名店，僅是在越南南方大城市周邊一所私人興建的民衆醫院，我看到醫療人員努力幫助每一個病人、她們身上散發出的鉅大光芒，尤其要對所有越南籍醫師護理師，表達最高敬意，他們冒著生命危險，照顧不認識的台灣人，她們完全沒有保留退卻或遲疑。

過去三個多月在醫院看到很多令我不禁喜歡的同仁，他們認眞負責任盡力把事情做好，雖然和他們還不熟，但我知道他們願意把事情做好，並不是因爲我，不因爲醫院評鑑，或長官來訪，而是從事醫療工作的使命和榮耀，當有人有困難和需要，會想盡辦法幫忙拉一把；越南醫院很少，醫療人員極度缺乏，當生病的人這麼多，他們應該歡喜這樣一所比較不官僚、不用送紅包、可以光明亮麗去做事的醫院。

我問住在附近來工作的年輕同事，醫院還沒蓋前和之後有什麼不同；我聽到了一些答案：這個在城市外圍工業園區的醫院，是附近長大的人很好的靠山，他們和家人生病不用卑微地到胡志明，擠在窄小的病房通道上，等待許久醫療人員才來；這個醫院是屬於他們的，可以在這邊工作，有一起成長的榮耀。

一早醫院醫師護理師已在病房查房

手上沒有玉蘭花的十字街頭女人

我們停在十字路口，遇到賣玉蘭花小販；賣玉蘭花朋友到底怎麼生活？

第一次有一位賣玉蘭花的太太來看我，是在新莊臺北醫院門診，她因腰酸背痛無法久站而尋求協助，才有機會了解玉蘭花行業。

臺灣的玉蘭花都是在南部種植，爲了保持花的新鮮，多數在夜間採收，清早從南部往北運送，這位住新莊太太約清晨四點，在家會收到配送過來的一大籃玉蘭花，她快速地用一個小時趕著天亮之前，將兩三朵玉蘭花用小小細細的鐵絲串成一小環，等天稍亮，車子較多，停在紅綠燈前面，利用那短短幾秒鐘，展開沒有地址沒有門牌號碼的店面，或者叫攤販；在這樣的十字路口賣玉蘭花，並不如想像容易，除了交通車輛、摩托車、自行車的風險之外，如果遇到禮貌差的司機，吐痰、吐檳榔、大小聲，甚至討價還價，拿五塊要十把，有形形色色人的在十字路口，幾秒鐘之內禮貌地推銷出去，不用說，這樣討生活不容易。

這位太太已經在新莊輔仁大學前面那個大的十字路口經營了10幾年，幾乎沒有休假沒有國定假日、沒有保險沒有保障的工作，一天不出去、一天沒收入；爲什麼選擇這個工作，她說自己一個人從南部到台北工作也嫁人，沒想到先生沒有固定工作，酗酒胡作非爲，不久後分手，她自己撫養兩個小孩子長大，現在已經大學畢業；雖然她說地輕鬆，我覺得談到這個部分，她中氣十足自信滿滿：那位國立大學畢業已經在工作，一位也念還不錯的大學科系，就靠著她每天早上仔細整理原本零散的玉蘭花，將花朵飾成花環，不管颳風下雨週一到週末，在十字路口穿梭，冒著極大的風砂，和汽車引擎排放廢氣，成就了自己和孩子；不過她累了，因爲十字路口不能夠擺椅子，持續的久站和蹲坐，造成她的腰酸背痛。

這個要歸類哪一種職業傷病呢？還是泛稱生命的折磨？

清晨從胡志明前往同奈路上，遇到另外一位看似賣玉蘭花的女人，不過個頭很小年紀不小，應該六十幾歲以上，她有一雙嚴重變形瘦弱，甚至必須說骨瘦如柴的雙手，而變形的雙手，猜想是嚴重退化性關節炎或者是其他的問題，辛苦了，賣玉蘭花的女人。

結果讓我大吃一驚，當車子通過她前面，我好奇籃子裡裝的玉蘭花，竟然是幾包小小的棉花棒，不是乳白有香味的花瓣。

越南沒有玉蘭花的生意？是因爲隨處飄落野生和園藝種的玉蘭花，尚未形成市場價值，或是越南開車的人還沒有這類雅興，願意花幾十塊台幣買個清香氣息，或者像許多買花的司機，想讓賣花的女人早一點賣完回家裡休息。

我倒想請教新莊停在十字路口那位賣玉蘭花的太太，是否願意用臉書宣傳她如何賣玉蘭花，成就了兩個優秀的孩子和自己尊嚴的生活。

請問可以幫我問問看，她們願意分享嗎？

街頭像是賣玉蘭花的婦人

宵禁的夜晚

越南疫情的劇本比連續劇還詭譎多變，主角配角輪番上陣，多數時候場景痛苦、廝殺激烈，好人壞人經常角色互換，英雄卻先中箭，壞人撐到末端，到底誰寫的荒謬劇本？

上午助理警告，今天可能不能回家，胡志明晚間六時起禁止外出，直到隔天清早，違反立即開罰，開始進一步宵禁！周末準備的玉米還保存在冰箱，還有特別去採買的漢堡，還沒有機會享用；頗懷念寧靜而孤單的夜光，在這個四面楚歌的時刻，一點小小的享受，恐怕都難如願以償；動亂的日子已超過一個月，隨時有跑路的打算，每一天碰到的困擾不盡相同，但確定的，只有染病人數繼續加碼。

除了胡志明市每天4-5千確診，確定陽性的人馬上就被送到學校改建的收留中心，那邊沒有醫療設備，三、五個人或十幾個人一個通舖，躺地上或者舖著小草蓆，只能自求多福，等待發燒如果退去，一氣尚息，期待忙亂的衛生單位有空來驗PCR，驗完之後很可能幾天沒有下落，朋友調侃，至少當下沒有不好的消息！

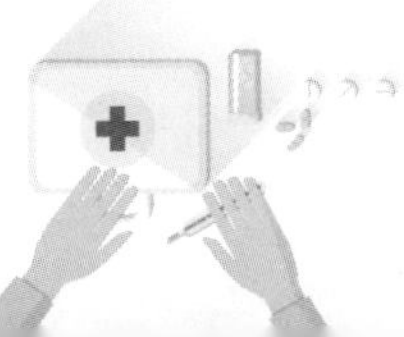

今晚再陪著越南繼續緊綳封閉，什麼時候才能夠看到越南度過難關？那些在公園裏跑步兒童的笑聲，何時才能重現呢？漫漫長夜，光明何待？

西貢河上的明月和宵禁的城市

荒漠的解藥

許多周邊的人被病毒感染，他們是成功企業的員工，幸福美滿家庭的主人，沒沒無聞的辛勞工作的勞工，從海外來這邊打工的外籍幹部，他們是周邊任何的人。

雖然病毒在遠方肆虐多時，當它眞的兵臨城下，攻城略地不停擊潰下我們的社區和鄰里和親友，每天有朋友急急呼呼地拉警報，從急診室響雷般呼喚，到底怎麼應付？有沒有自保的方法？萬一被確診，在越南，偏鄉沒有醫療資源，怎麼辦？以下整理多位醫界朋友親身的醫療經驗，彙整修改濃縮的版本，提供給大家。

醫生建議Covid-19 PCR陽性時「自我照顧版」：

1. 朋友如果有發燒、喉嚨痛、流鼻水、拉肚子、頭痛、咳、痰多、呼吸困難、嗅覺及味覺異常，以上症狀如果持續兩天以上，一般退燒藥或感冒藥沒有效，持續加重，而且還沒有打滿證明有效的疫苗。

2. 先在家或隔離場所隔離，努力補充維他命C和D，水份，維持運動，加強肺活量運動，找血氧自測機觀察。

3. 血氧開始低於94%，就要開始準備吃類固醇，有空可在附近藥局買類固醇 prednisolone，

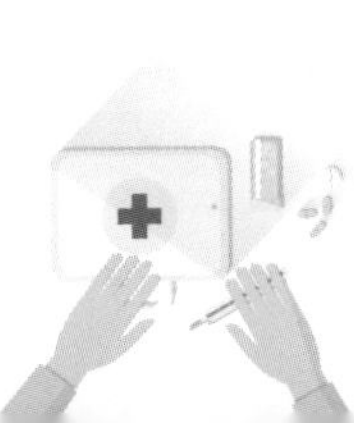

一天40mg，早上吃一次，飯前飯後都可，連續吃十天，總共400mg。藥局可能有不同品名或劑型。詢問藥師他們替代藥品（註：最好有醫師協助使用）。

4. 氧氣掉到92%、呼吸急促甚至有困難，趕快去醫院（92%以上，繼續自我照顧）。
5. 當氧氣下降，開始練習趴著睡覺或者輪流側躺，醫學中心專家建議很有效。
6. 長期久臥沒有好處，打起精神奮勇起來運動伸展，即使深呼吸都有幫忙；病毒最喜歡欺負躺著不動的人，是病毒最好的培養箱。運動能啟動身體免疫細胞，好好動員身上的骨髓和淋巴細胞對抗病毒。
7. 肺部的運動和復健是非常值得即早學習，平時可不用，現在用得著；以下提供兩部網路上影片[7]。

＊如果有長期高血壓、糖尿病、腎臟病等未妥善治療管控、多年抽煙等慢性疾病，尤其是肥胖，一旦感染病毒，惡化的機會就大增，死亡率就高。針對這些慢性疾病，須持續用藥控制。

---

7 https://youtu.be/4i2VQEpVpT4
https://www.youtube.com/watch?v=iWMGG6e6n64

南方醫生的囑咐

當醫師最困難的是了解病人，體會病人的病痛，關心病人的病情發展，幫忙尋找生病的原因，說明生病的理由，以及提供病痛治療的選項；可惜九成以上的說明病患難以理解；若能設身處地，輔以經年累月陪同尋找健康的經驗，或能逐步進到病人的心裡。

不停地有胡志明附近確診陽性的詢問電話，透過群組直接或間接、甚至輾轉三、四位來求救，怎麼樣安慰他們焦慮擔憂恐懼？勉強趕一個影片分享給需要的朋友，或許對於台灣的朋友是陳腔濫調，但是對於在越南水深火熱的朋友，希望能幫上忙。

越南的醫療資源此刻突顯嚴重不足，更因過度集中少數醫院，面臨有限醫療服務面，交通管制後，醫療分層更形困難，無辜的民眾難免缺乏直接立即有效的照顧；我們醫院剛好在這關鍵時候扮演極重要的角色，幸好震興醫院已經茁壯，可以扛起重大醫療任務，願和所有前線的醫師專業人員們，謹守隘口，寸步不放！

卽時除疫神拍手

7月13日起，總共照顧了12位新冠肺炎病毒感染台灣朋友，最先兩位台商，確診後被關到胡志明郊區猴子島醫院，男士有高血壓加上年紀較大，經歷多天進出死亡邊緣，氧氣掉到84-85%，當地醫生警告卽將插管，我們費盡千辛萬苦請四個人接力將藥傳遞到他手上，歷時25個小時；危急時，女同事哀叫說他那麼重大男子，無法移動，卻仍然想盡辦法幫他俯臥側躺，更嚴重轉進加護病房，前前後後掙扎超過十天，除了一天多次視訊，我持續幫他禱告，心急如焚；前天終於看到他瘦了20公斤身影，他開始用英文簡訊回信，文筆寫得很好，我鼓勵他在加護病房唱一首義大利情歌O Sole Mio—你是我黑夜中的陽光，覺得他好了；接著希望他很快獲得第二次PCR陰性，可以離開隔離所；他的女同事狀況較好，兩三天發燒後很快就恢復，成了他最重要的看護；難以想見一位原本木納耿直的會計師，卻在關鍵時刻化身專任照護士，在那關鍵的幾天，她卽使艱困無援手無寸鐵，清楚知道同事的生命掌握在她的堅持；有一位好同事，臨到鬼門關願意牢牢拉住他的手。

另外有兩位到了醫院已錯過良機，一位因爲發燒已意識不清楚才來，我們按照本地規定須轉院到附近的公立醫院，在那邊兩天之後插管急救，已回天乏術，不勝吁噓。

早上越南BS Mai梅副院長拿了一把漂亮的扇子送我，先前因爲六月雨季後有很多蚊子和蒼蠅，梅醫師的「扇」意猜想可以當蒼蠅拍，不過這個神拍手的意義非凡，爲了讓醫院內空氣品質較好，醫院忍痛將空調關掉，夏天七月的南方越南，有一個神拍手扇子，像如來佛的扇子一般，幫忙病痛中的朋友安穩地入夢鄉！

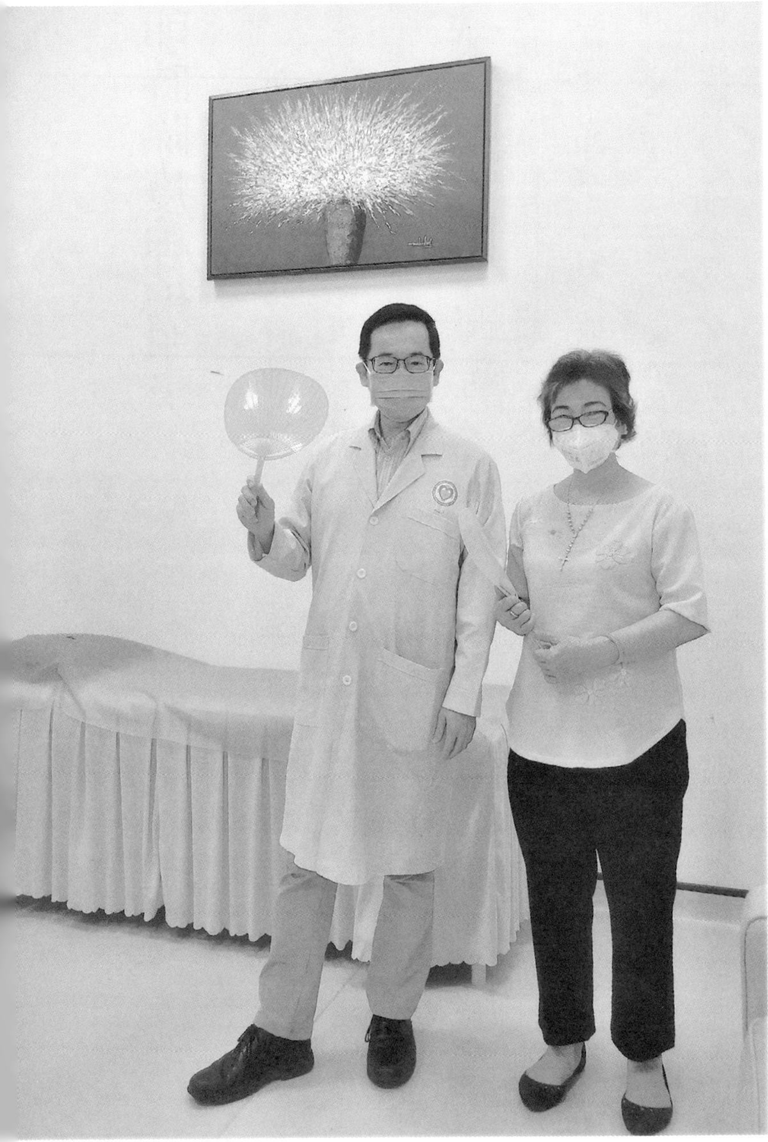
麥醫師送我除蠅神拍器

一種病毒百種月亮

台灣和越南都緊鄰中國，一個隔海一個臨山；台灣一開始碰到武漢回來的病患，越南在二〇二〇年二月也遭遇新冠肺炎病毒入侵；台灣和越南在防疫上相似、也有迥異之處；同樣在過去一年半防疫上採取嚴密防守，因此感染率極低，稱得上都是世界典範；也同樣未能及時乘勝追擊發展疫苗，越南因爲資源缺乏，在疫苗策略也落後其他國家。越南到了六月一發不可收拾，從胡志明散佈到附近省分，災情最重的是台商群聚的平陽。

台灣經過百日艱苦忍耐，終於度過又一次考驗，幸好疫苗如獲天助從天而降，畢竟台灣太靠近中國，不能稍有疏失，避免疫情變成國安；反之，越南因財務困難和行政決策繁複，無法即時採購或搶購夠多疫苗，購入的疫苗如何快速下放各個省份施打，疫苗涵蓋率一直很低，還要更多時間才能跨出難關。

醫院大廳做最後的消毒準備

對台灣而言，防疫的成功起源於二〇〇三年SARS後，台灣立即採取儆醒和檢討，做了相當多儲備工作，醫界和醫院規劃有很多的改進；二〇二〇年疫情爆發後，可以很快派上當年所學，從架上翻出筆記，找當年實戰經驗的兵士立即上戰場，奠定成功的基礎；如果沒有這十幾年的準備，去年可能慘不忍睹。

SARS時台灣執行仔細疫調，培養了巷戰經驗，防疫醫師制度發揮功效，當年倒未做社區篩檢，原因是，當初沒有篩檢工具。社區篩檢和普篩不同，執行的方法和風險分析因不同的目標與策略；專家都知道，當盛行率低社區感染風險低時，可集中特定社區（如萬華）或團體（如八大行業場所）的篩檢；當盛行率高、社區傳播風險高，就有全面或局部普篩的需要。過去一年半台灣只在彰化做了小規模社區篩檢，以及台北榮總利用血庫的血清，分析榮總病人的陽性率，規模和範圍都不大，並不能直接放射到全國的風險，但至少嘗試獲得一部分經驗和資訊，對更大規模的全國篩檢有很大幫助；直到今年五月爆發疫情，台北、新北開始做特定地區和市場普篩。普篩和社區篩檢都是公共衛生流行病學的基本工，不是創新發明，是必要的工作。

國內學者對於防疫的許多批評指教，其實相當有參考價值，因爲若我們仔細檢討修正失敗，就可以「超前部署」預防未來的錯誤。有嚴格的教練和練習對手，選手一上場容易得心應手；防疫沒有保證第一名的；紮紮實實，風險就低；防疫也用不著太多愛國心和民粹做靠山；病毒聽不

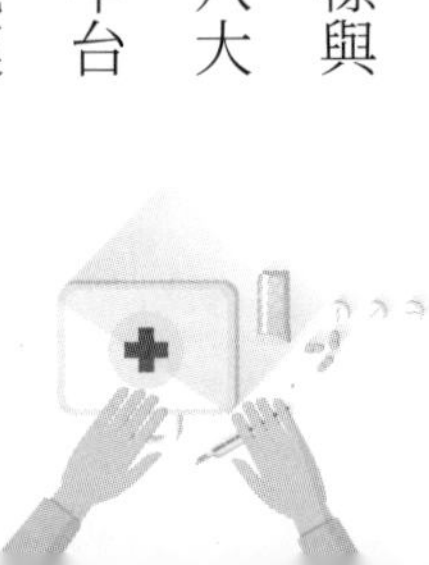

懂這一套；台灣多年未能準備疫苗研發，慢了半年才有疫苗；台灣醫療雖值得自豪，疫情中的點點滴滴，仍值得各界仔細思考；我們醫界只有忍辱負重，不斷鞭策改善，也謝謝先進專家和台灣各界的提醒。

誰來幫她度過難關？

在越南看台灣經過百日努力，終於度過五月開始的嚴重傳播，從5月6號第一次新增案例超過個位數，到5月19日最高一天增加五百四十三新案，於7月31日終於下降到單日只新增12例；如此在五月經過14天達到最高峰，而經過70天下滑到低點，以台灣的經驗，從每日最高新增病例數要恢復到先前的低傳播，需要大約五倍時間，約70天；由於案例間並非單一來源或單純傳播，只算是大約估計。

如果越南採取和台灣一樣嚴格有效的防疫措施，而越南和台灣一樣，疫情大爆發時只有極低疫苗施打率，越南需要經過多久，才能夠恢復到四月底前的低風險狀態？

按照越南5月3日開始新一波感染，7月25日達單日最高新增案例八千零三十一，7月31日新增七千九百一十二，估計60天（從5月3日到最高峰7月25日）達到新高點，所以要回到5月3日之前的低感染，預計需是六十天的3-5倍天數（台灣爲5倍），也就是要60天的3-5倍——大約一百八十天到三百天；越南如果幸運，預計要到二〇二二年四月之後才可能恢復；但是如果delta病毒大量傳播，加上越南持續低疫苗覆蓋率，恐須更長的時間才能夠度過難關。

*越南疫情的發展，八月底胡志明市每日新增個案從最高峰一日超過5千例降成4千多，越南每日新增已達到一萬二、三最高峰，但台商最多的平陽省卻從每日新增4千跳升到5千的新高；人口僅胡志明市三分之一的平陽省，明顯失控，讓越南的疫情發展產生劇烈變化。

這樣的比較和推估能否適用在其他國家？科學家們還有許多工作要進行，讓我們來想想辦法，幫忙越南和其他國家度過難關。

深夜的救護車聲

已經過了午夜，卻依稀聽到路上的救護車從遠方的馬路轉進～依伍依伍接近的響聲，然後逐漸靠近醫院，接著急停在急診室前面，聽到車門急速打開的噪音，前來求救的病人，在深夜裡迫不及待爭取一分一秒的希望，將一切希望放在醫療人員的手上。

在51號國家大道上，入夜後幾乎已經毫無其他車輛的蹤跡，但我擔心著偶而遠方駛過令人心悸的救護車，在病毒設下的四處陷阱中，入夜後載著生病的朋友疾駛著尋找安全的碉堡。

救護車驚醒將沉的夜幕

一疫見眞情

這兩天忽然有許多朋友送來他們的關心給醫院，其中一位台廠本地的經理因爲染疫數日身陷危機，幸好及時獲得好的醫療和照顧，加上整個朋友家人團隊的支持，逐漸脫離險境，台灣的老闆卽時從台灣訂了50箱伯朗咖啡，對於辛苦忙碌的同仁，如夏日甘霖。

今天有一位台商會長忽然運來500斤的火龍果，是從原產地請農人直接採收以卡車裝載運到醫院來，我從來沒看過這麼多火龍果，至少可以給一些住院的病患補血養氣，眞的感激。

這些眞情常常遠超過金錢所能衡量，讓我在越南這一段辛苦、屢有挫折的醫療路上，恍如在荒漠中走頭無路時，再找到點滴源泉！

商會送來500斤火龍果

異於白色的巨塔

穿醫師袍的人，給人一種神聖的感覺，究竟是這項工作神聖？是救人的起心用意神聖超乎尋常？或只是因爲色彩產生純潔的感覺？在生死交界還願伸出援手，在那個或陰或陽的界域，聽著天使和撒旦的爭吵，必須做出孤獨無助的決定？

這幾天越來越多求救的訊號撲天搶地來到這個郊區的醫院，因爲他們操著台灣的口音，也常常是海線台中清水沙鹿彰化芳苑的鄉親，或者是求助無門操著華語口音很重的中國人，雖然沒辦法來者不拒，但是在這一場殘酷的病毒肆虐中，像那洶湧前來的巨浪，如果手上還有一個救生

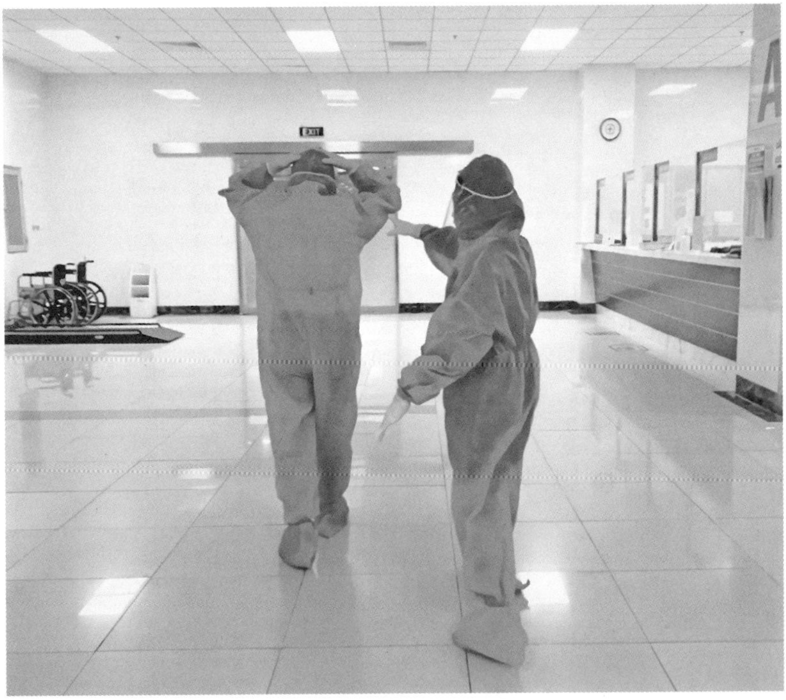

去看新冠病人前助理一再提醒防護安全

圈，如果病房還容納得下一個床位，如果時間允許我們聆聽他們焦慮糾心的苦痛，如果我們找不到拒絕的理由，卽使病床旁邊只有簡單的水杯和簡陋的毛巾架，他們也常不嫌棄。

我們並沒有顯示勇敢與否的餘地，也不是因爲曾經舉手宣誓的美麗誓言，我相信沒有那些亮麗的誓詞，此刻仍然會伸出必要的手，也不是因爲白袍的亮麗，更沒有崇高的巨塔在胸中或者是當它成背後的靠山，或者爲醫者有異於常人的免疫力，醫療可以如此地低廉，是因爲單純的需要和沒有選擇的給予，像海灘上不斷被浪衝到岸上卽將乾涸的水母一般，伸手只是反射，它並沒有巨塔。

爲醫無淚。

又是無雲的午后

四月底開始胡志明周遭幾乎大天會來點短暫的雷雨，隨著接近六月，下雨的機率越來越高，進到七月，幾乎每天都有傾盆大雨，這些大量的雨水，濕潤了乾燥、接近赤道的土地，許多人難想像越南雖南，夏季的氣候比台灣還要涼爽，其實是因爲有強旺的區域對流，涼爽了仲夏的深夜。

這些大雨後的田地，帶來了許多的蚊蠅，也帶來了許多登革熱的病人，往常登革熱可能是越南南方季節性流行病，今年因爲新冠肺炎入侵，讓登革熱相對失色；巡查病房時，發現病人對登革熱已經不再那麼害怕，只擔心那看不見的呼吸性病毒。

很奇怪今天卻異常的悶熱，午後恰有焚風一般炙熱不堪，卻許久等不到那傾盆的大雨，涼爽我們的身體和心靈，也能安慰許多關在隔離病房的病患，尤其有許多染疫的朋友焦慮難熬，那個巨大看不見的病毒和不易預知的未來，怎麼紓解他們的心胸呢？雖然淸冠1號宣稱能以陰克陽，但是對於呼吸困難發燒不退的許多朋友，有些認爲實有生效，有些卻因此持續拉肚子難消。

忽然已經到了八月，離開甜美的家鄉已經快五個月，原先預期像過去多次訪越南一般的浪漫、愉快有趣的越南醫療之旅，卻不知已經身陷火海，要隨時提防衣服褲腳會點燃，難免焦慮自己也陷入困難，成爲其他人的負擔，這種焦慮只是疫情大壓力之下淋濕的衣褲，是莫須有的低風險，還是像變種的病毒一般，成爲我們無法預知的驚悚？

今天午後炎熱無雨，赤道來的熱空氣燃燒著整個南越大地，眞的敬佩越南朋友們仍然能輕鬆愉快地堅持下去，我和他們分享著醫療工作神聖無比的榮耀，他們沒有說出的，我深深地感受到了。

酷熱午後，醫院停車場內司機躲避炎陽

有緣陪他28天

我和這位台商大哥眞有緣！當七月上旬他開始有症狀不舒服，在越南台商互助群組，我注意到他和一位台灣女同事一起發出的求救信號；他的生命力在七月中開始快速墜落，我們組成遠距跨國醫療支援團隊，經過上百次討論分析建議，幸好他自己堅持不放棄的決心，終於見到他部份恢復到達震興醫院，原本打算在醫院休養幾天把元氣補足，將病毒耗損的體重好好復原，不過家人擔心他，堅持他盡快回到台灣接續治療。

封鎖的胡志明，造成沒有司機敢跨過省界，那一天晚上因爲找不到車子，加上路途遙遠，他到達醫院已經夜幕低垂，我擔心他在救護車上無法久待，就在急診室外等著，晚間八點多他通過急診快篩陰性，才見到這一位高挑清瘦的大哥，我告訴他「可以放心了」。

先前到福利社帶了一箱他可能需要的營養品，護理長派人帶他到病房後，他隨卽產生焦慮不安無法呼吸，畢竟在野戰醫院太久，經歷了常人無法想像的煎熬，似乎發生「恐懼封閉症候群」，幾經勸慰無法紓解，再請護理師病房給他配上氧氣管，終於平順度過在越南最後三天。

今天一早在醫院看到他已經準備好出院，我感受到他內心卽將回家、回到台灣的激情；許多人像他經歷這一場浩劫，已經沒有辦法活著回到家鄉，剩下親人護送骨灰回去，他經歷了這一場災難，目送他一路上車直奔胡志明國際機場，隨後順利地降落在桃園故鄉，今天晚上他將有一個多月來最美好安心的夢，我可以稍微喘一口氣。

28天，在群組上總共寫了四百一十五條簡訊，還眞的蠻累的；不過，我從他身上如何戰勝病毒，也有難得的學習。

一路陪著他學習度過難關

尚未完成的夜晚

新冠病毒衝入越南，台商無法倖免，早先已有三位不幸罹難，其中一位老台商不幸逝世他鄉，他的成年兒子，幾天前也確認染疫，因爲越南向來醫療難覓，多數不立即尋求協助，選擇在公司或家裡隔離，一直等到病情較爲嚴重，才來尋求可能的協助；越南醫療已過度沉重，自顧且不暇，更難照顧少數外國人。

這個艱難的醫療供給困境並非單方，治療高危險傳染疾病，對醫療人員有很大的風險，越南醫生願意照顧外國人，包括台灣病人嗎？雖然醫者多以救人爲第一優先，一旦自己也受感染，就完全不能幫助病人，且成爲其他醫師的病患，增加醫療的負擔；醫師在這個夾縫中，一方面要照顧病人，另一方面要確保自己安全，像前面對抗病毒，後面須預防病毒染上，病毒前後夾攻，醫師剩下的夾縫很窄；疫情加劇、變種病毒逼近，更加重醫療人員的壓力。

昨天一整天設法幫這位父親剛剛染疫過世的朋友，他在家裡隔離守喪，自己的肺炎日漸嚴重，最後到隔壁省分一家小型醫院就醫；透過視訊他向我急促抱怨，那所醫院的氧氣已經不足；他來電時，氧氣管的聲音吵雜加上嚴重喘氣，已很難聽清楚，勉強將牆上氧氣壓力指標照相給我；原來牆上氧氣量的開關已經開到最大，但是需要的氧氣卻沒有送到，就像瓦斯桶的瓦斯即將用盡，聯結到瓦斯爐上的火逐漸熄滅；那所醫院和他的氧氣已經不夠，我建議他盡快前來震興醫院，我們設法找床讓他入院治療。

我的建議卻難以落實；他所住醫院主管不願放病人（這邊醫院的慣例），除了那是隔壁省的指定隔離醫院，如果因爲無法照顧病患而需要轉到隔壁省，該省政府顯然「非常不願見到」，將造成「實質」和「面子」問題；再加上醫院主管認爲他們或許可以考慮「上轉」到更好的醫院，例如國立醫院，面子才掛得住，如果轉到他認爲水準相同或「不如」的醫院，這樣就「有失面子」。

我們醫院傳染科主管設法和該醫院主管討論轉院可能，包括轉院的原因之一是病人認爲醫院的氧氣不足設備不夠；該醫院表示，既然如此，

急診室燈火通明

是否請各界（包括我們醫院）應該提供多一點製氧設施，及其他設備給他們，似乎因爲我們沒有提供更多的援助和捐贈，造成該醫院無法照顧台灣病人！

還有一個技術上最不容易解決的問題，病人如何從那所公家醫院「放行」到另外一家私人醫院？程序上我們需要去函表達我們願意、並且願意收治這一位病人，對方醫院才願意放人，但是對於隔壁省的醫院，類似去函，豈不讓該省政府震怒？更會造成該省政府和我省政府間，爲了一位外國病人跨省而大大不睦，甚至影響本省政府對於本院過度「撈過界」責問，當然爲大忌；畢竟這個醫院是一所剛剛開始四年的年輕醫院，必須嚴格遵循本地政府的規範，慢慢許可我們的業務發展。

了解了這一長串跨省轉院的政治因素後，要將這位台商轉收到我們醫院的努力，耗時整日無法解決，頓時讓我無比乏力；雖然許多台商會長和關心人士不斷地來電溝通，也對照顧他的醫院提出許多關切和請託；我們甚至準備了一份書面資料，詳細說明協物轉院的醫療理由，但這些努力卻無法即時轉化成他急需要的一點點氧氣；從他一位親近的朋友知道，昨天半夜他在持續掙扎奮力下，當人世間的爭議無法及時解決中，平靜離去了；他年紀僅40來歲，正是創業奮鬥的好時機，卻被這隻病毒和制度的僵化，卡住最後一口氣。曾經嘗試伸手過界前往救他的心，頓時心灰意冷。

醫療受到醫療制度和環境影響太大，醫師對病人個人照顧之外，力量薄弱，需要醫療社會專業團體的群力，方有更寬廣實質醫療的落實。

震興醫院的急診入夜仍然燈火通明，想在黑暗的大海上，照亮迷途的船隻，給他們燈光和希望。

醫院需要吃青菜

吃青菜對身體最好，尤其是綠色蔬菜，有非常多的維他命和礦物質，對一般人，對病人都非常好，尤其現在疫情持續籠罩，偶有機會到胡志明的小超商，已很難找到好的蔬菜；我擔心這兩年出生的小孩，將來他們的營養會趕不上，未來十幾年後可能會發現，這個疫情期間新生和嬰幼兒世代，恐怕面臨長期健康的危機。

越南是農業大國，湄公河廣大水域有豐富農業發展，怎麼可能蔬菜短缺呢？問題當然出在都市人被大量封鎖之後，交通運輸整個切斷，那些中盤小盤紛紛倒閉，即使產地上有大量蔬菜，卻無法即時運輸到城市裡；

喜獲農家產地送來醫院需要的蔬菜

加上蔬菜採收後必須短期內消耗，無法存放過久，除非有很好的冷凍再處理技術；已經將近封鎖兩個月的越南，能夠有新鮮的蔬菜，眞的難上加難。

感激醫院一位美麗的營養師，她越南中部大叻的農民朋友，今天清早從產地採收了上百斤各種蔬菜，經過六個多小時直接從產地運送到醫院來，對於枯燥沉悶，持續緊張關閉已好幾星期的醫院同仁，快樂地跳起蔬菜般清脆有力的腳步，並且慷慨地、一袋一袋地送給各個部門、病房檢驗室、藥局、加護病房、幾百位辛苦工作的同仁，我們貴賓醫療服務區的助理秘書們，打起精神，爲大家遞送服務，像參加奧運得了獎牌的喜悅一般！

讓我們來好好補充營養大吃蔬菜吧！

看見天使般義工

今天開始，胡志明市繼續宣布封鎖一個月，附近省市也跟著延長封鎖一個月，將近超過一百天的封鎖，病毒如無形的戰士入侵這數千萬人口的城市；住越南多年的朋友說，這是從越戰停止之後從來沒有看到的現象，將近40幾年越南從戰後艱困中逐步爬起來，一九九〇年後開始一步步開放，台灣人是越戰後最早帶著一袋一袋的錢，來越南尋找更多投資機會和家庭幸福的外國人，過去30年來他們在越南有許多成功的成果，持續投資並加碼擴展，讓越南文化在台灣生根，開枝散葉，大大增加台灣的多元文化和國際參與，更有不少在越南長期深耕落戶，成家立業創造新一代國際家庭，突顯台灣和越南這個失散多年的鄰居家人，能夠在越戰之後一起創造全新美好未來。

這一次病毒來得太急，台灣經過兩個多月努力，已經打出漂亮的全壘打得分；越南雖然曾經是東南亞防疫冠軍，卻因爲新的變種病毒和長期封鎖後的疏忽疲乏，已經將近一百天的困鎖，這個號稱不夜城的龐大國際都市，過去從來沒有看過胡志明街上空無一人；越南南方是國際產業製造最旺的區域，也因爲工廠一家一家關閉，工人被遣散回家，或被緊閉在小小的公寓和傳統家舍，鐵門深鎖和緊閉的心，過去擁擠活躍的馬路，現在只剩少數通往港口的貨車呼嘯而過。

震興醫院在如此大浪衝擊下，撐起照顧新冠肺炎病人的責任，從開始收治少數無法拒絕的病患，到現在各個省份和各界人士不斷要求拜託，只好不斷地擴床，照顧更多需要的民衆；短短一個月醫院照顧病患嚴重程度有很大不同，我們需要的器材和設備也更爲龐大，可是醫療器材的供給，卻受到貨運中斷阻礙。

面對著醫療物資的不足，和不斷湧到的臺灣病患，苦惱不知如何是好，突然台商會鄧秘書長來電，將請器材廠商直接快遞兩部高流量給氧導管HFNC到醫院；這個在臺灣號稱新冠肺炎病人「救命神器」，可以幫助許多喘不過氣來的病患，讓他們撐過最關鍵的幾天，讓氧氣充滿他們阻塞的肺泡，重新撐開能呼吸的空間，幫他們獲得生存的希望！

第一批送達的救命呼吸器

我知道台灣商會在先前幾天積極籌募資金和購買關鍵醫療器材，這些可愛的老闆們並不是醫療專家，但是他們務實規劃和慷慨解囊，爭取每一刻，讓每一分關懷成爲許多人一線生機，我覺得他們像上天的義工一般，雖然生疏卻有情，明知障礙如千山，仍然堅持不放棄，他們各個像菩薩身旁的羅漢，使勁渾身解術，在混亂沒有路標的荒野上，開出明亮的大道。

我向這些義工們致上最高敬意，他們讓病床上的呻吟獲得舒緩，找回健康的路上，重新燃起希望！

珍惜著老師的來信——「在受苦的地方昌盛」

二〇一〇年因爲一位德國教授來台訪問，我無意間發現健康識能的重要，剛好在台北喜來登飯店遇到石曜堂教授，我掌握機會說服他帶領我們將這個健康理念在台灣落實，「至少要試試看」；他的回應令我驚訝，原來從事公共衛生40年、曾擔任省衛生處長、行政院衛生署副署長的老師，等待落實這個理念比我超前至少多年。

我們決定從台北信義區北醫大的講堂開始，先辦了第一次健康識能論壇，效果奇佳，奠立了往後每年一次亞洲盃健康識能大會，並於二〇一三年成立亞洲健康識能學會，也因亞洲學會成立，促成世界健康識能學會於二〇一六年成立。

石教授不僅是公衛專家，尤其是他鼓勵後進開發人生的哲學，更是專家和官員中絕無僅有；他幽默又有智慧，我知道他是雲林鄉下出身，在學術上獲得美國長春藤大學博碩士學位，並擔任國防醫學院教務長多年；八月中舉行亞洲多國舉行新冠疫情前瞻會議，石教授特地捎來他會後心得。感謝他來函，也分享給更多有心創新造福社會的朋友。

Peter：論壇（Prospect for Covid-19 Pandemic Forum）後，懷著「滿盈喜悅，熾熱讚

許」的感情回到家，師母正在爲今晚「幸福快樂的家庭聚敍（約十人）忙著，也感受了我這份情緒，特地囑我，向你表達。「價值」來自點滴的播撒與耕耘，再接再勵！很少人願意接受苦難，然而完全的柔和，卻是從苦難中產生的。（對你）這是一趟改變的旅程，爲了我們更好的未來，穿越過程的限制，邁向正在生成的未來。

經由學習、成長、突破，內化爲智慧的心靈；進而「不斷超越自我」。

在這個當下，我們可以感受最深的力量源頭，未來並非在未來，而是在我們眼中與心中發生。

躍（耀）動的生命，締造轉瞬卽逝的永恆。我們住在永恆的現在，在時間裡成就我們的目的；也就是「意義」與「價值」。

「行動」創造「希望」，人們從未輕言放棄，而是在不斷儲蓄能量，人們不是因爲有希望而行動；而是在用行動創造希望。在紛亂與風雨中站好我們的崗位，我們的受苦有「新的意義」。

IDEA（Intention to Design Environment Appropriately）；掌握核心能力、思考企業價值、創造產業生態，是永續發展的關鍵思維。戴口罩、社交距離、洗手、疫苗……幾乎到技窮的窘境，「Covid-19」全球肆虐，變種難纏，人類顯得很無知。科學發達，只不過是從原先「知道『不知道』」的境況，逐漸「知道」的過程。這個過程一經啟動，我們會對原先「不知道」的困惑，了悟明白，隨即跨入另一個新的「不知道」領域。「知道『不知道』的『知道』」，就是如此這般循環不已產生的。新興傳染病會是新常態（想想Malaria、SARS、登革熱，都沒有疫苗），我們是不是能從「生態的觀點」切入，進行跨科技的「病毒的生態研究」，「病毒的滅絕（不太可能？）」，「病毒與人類共生的生態環境？」。

我們要在受苦的地方昌盛。失控的新冠肺炎（COVID-19）大流行，經濟蕭條的可能性增加，人們必須在歸零與覺醒中摸索前進，串織「生活、專業、生命」共舞的故事。面對危機需要勇氣、品行、力量、尊重專家、承擔責任的信心及認錯後的方向修正。未來是人類的征途；新世界的人類，已經走在通往深淵的路上，我們來了，爲這個世界而生，我們就是未來。對人類來說，未來沒有末日，只有征途。在龐大的時間機器裡，一個微小的齒輪偏差（COVID-19），就可能使未來面目全非，未來是不斷發現（追尋與探索）與發明（創值)的旅程，未來是可以計算的，只要我們擁有信心和足夠的數據。這次疫情拐點在哪裡，沒人有把握，疫情過後人與病毒的關係，現在也不知道，但新興傳染病的侵襲，將是新常態（New Normal），我們必須透過結合生態、基礎、臨床、公衛及大智移雲（大數據、智慧機器、移動裝置和雲端計算）的跨界力量，建構公私夥伴關係（PPP）的虛擬技術整合及實體組織運作平台；啟動3I+A（Integration, Innovation, Incubation and Acceleration）的創新機制，永遠堅定的「超前部署」，昂首闊步國際。

你是現任Vice President of IHLA，如何將全球面臨的問題：「疫情、寒流、熱浪、乾旱、水災，地球正對人類展開最嚴厲的提醒，加之國際關係與國際秩序的糾纏」與自己宏觀視野聯結，融合「健康識能」觀念，以「全新的視野，全新的力量」面對「新的機會，新的挑戰」。茲附上我的一些理念（PPT）供你參考。

神來伸援手

早上越南台商再送三台救命神器來震興醫院，聰明的醫工師馬上組裝起來，他們爲了趕快送到隔離病房給需要氧氣的朋友，問我能不能來做個見證？趕快趕快，我們需要氧氣，神給了氧氣，給了生命！趕快送到隔離病房給需要的朋友！

台商再送達救命神器救病人

Bác sĩ醫生在那裡？

還記得3月從桃園來越南的飛機剛降落胡志明國際機場，經過冗長的排隊驗關，顯然已經非常晚了，班機還是當天最後一班，整個機場幾乎空無其他人；前面來了一位公安檢查員看了我的證件，他卻忽然展開笑容說「醫生！」然後高興地大聲跟旁邊同仁說「是醫生啊！」對我展開好大笑容。我想，或許他很少看到外國醫生來越南吧！尤其在疫情嚴峻的時候。

很快就發現，越南是醫生奇缺的國家，人口數臺灣四倍多，醫師數卻和臺灣不相上下，可想而知醫生在越南受敬重；當然對醫生的需求也更多，期待無上；現在疫情造成越南各省市隔離封城，醫院所在同奈省的朋友到震興醫院還算方便，但隔鄰胡志明市和平陽省的朋友經常想來醫院卻苦無方法越界，馬路上公安看得很緊，常常來電請醫院出具來看病的「同意書」，但按規定，這省的醫院那能提出邀請他省的病人？恐違反一些法令；相較，台灣人眞的太幸福。

今天來了位聰明的朋友，等我開好處方，請我提供回醫院「複診」說明。醫院的處方多數註明用藥天數和藥量，也常規書寫建議「那一天回院複診」，他看到這段文字，高興地謝謝醫師，「這個很有效！」他打算用這個複診通知書，渡過山海關！我祝福他能因爲這個醫囑，順利地找到醫院的方向！

感謝神兵已駕到

7月26日我詢問台北馬偕醫院國際醫療中心徐副主任，能否幫助越南照顧染疫台商的醫院；她的回答直爽而且清楚，她問「你們要什麼？」當時我獲得的資訊不多，只知道震興的醫療人員需要「很省地」穿醫療防護衣，因爲庫存有限，越南當地已嚴格管制，一時不容易補貨，我很快地向她回報，你們有什麼就送我們什麼！

沒想到馬偕醫院把這個遠方隔山跨海不必聽到的呼救當眞，7月29日馬偕醫院已經準備好一千件高級醫療防護衣，玉山銀行馬上加碼跳進來捐助到越南的運費，我眞的嚇了一跳！8月3日星期二早上已經接到胡志明機場海關飛達公司來電詢問，是否有收件者，很快確定之後，猜想那一星期就可以接到台灣愛心人士的捐助，沒想到隨後陷入嚴重膠著。

越南海關和飛達公司提出一系列的問題，包括：（一）捐贈者是誰？需要馬偕醫院出示一張英文函件，表達馬偕醫院確定送給越南震興醫院（可能他們懷疑會不會是塔利班激進份子送的毒品？）；（二）受贈者是誰？需要震興醫院提出合法授權的醫療機構證明（猜想也需要說明受贈物品非商業使用）；（三）捐贈的是什麼？海關要求需要提出符合國際標準ISO 13485和CSF規格的證明，送的是哪一類醫療器材？馬偕醫院所提供台灣廠商的資料顯示既然已符合歐盟高級規格，怎麼還需要提供一般普級的ISO？另外台灣所提供廠商的中文文件無法說明，於是我們重新翻譯成英文，再麻煩醫院的主管翻譯成越文。

這些文件往返在中文、越文和英文三種國際語言和兩個國家之間，還有不知道多少人的電腦螢幕上，來往了無數次，因爲一直無法順利確認海關能否放行，最後再麻煩馬偕醫院公文拜託外交部介入幫忙；很快台灣外交部越南胡志明辦事處同仁來電希望幫忙，不過表示飛達公司是國際專業，他們理應較了解整個行政作業；我仍感謝也麻煩同仁若可打電話給海關和飛達公司，這些物品是非賣品，也非商業使用，是台灣愛心人士捐贈，有外交部保證，讓在越南私人經營的台灣醫院能夠獲得多一分信賴和保障；外交部同仁日理萬機，若非遇到困難，眞不想爲了小事麻煩他們。

整個文件細節都打理好了之後，我每天都盤算著這些愛心禮品什麼時候能到？常常晚上睡眠不好，淸早驚醒，是被夢裡的喜訊叫醒嗎？看著胡志明的天空，想著海關倉庫裡面那一批早該寄到的防護衣，什麼時候才能收到？

沉寂了很長的一段時間，偶而會有飛達公司同仁詢問，或暗示需要再付一筆錢給海關，造成醫院很大困擾；明明我們是需要台灣來幫忙，怎麼又要醫院付幾萬元去將防護衣領出來？馬偕醫院也心急如焚，明明台北已經付了防護衣費用，玉山支付整整好幾萬元運費，怎麼還需要額外的

費用呢？

最後震興醫院的趙老闆深感情勢不妙，眼看這批物品在海關不斷超過預期存放時間，繼續加碼倉租，造成快比直接在越南購買防護衣還要貴，感謝震興醫院願意再支付最後一筆，終於聽到飛達公司傳來海關滿意的回應。

今天早上胡志明郊區起了濃濃的大霧，籠罩胡志明往東同奈大橋和港口稀疏零散的船隻，昨天下班預料著今天早上「可能」收來這批遲到多日的防護衣，豈料

大霧深鎖暝暗處

愛心前來尋無路

萬幸的是飛達突破萬難將千件防護衣終於送達，心中無比感恩，台灣朋友的愛和許多許多無名英雄的奉獻，這一趟路雖然崎嶇坎坷多障礙，但是你們的愛，卻深深地感受到！心感恩，有你們眞好！

馬偕醫院、玉山銀行所捐物資排除萬難抵達醫院

請努力呼吸爭口氣

照顧將近二十天的周先生今天下午高興地告訴我，他準備出院了；我和他都雀躍不已；截至目前從震興醫院染疫而平安康復出院的台灣朋友將近10位，雖然過程艱辛，但他們終能康復出院，備感安慰。

新冠肺炎的發病剛開始有好幾種樣式，包括發燒、流鼻水、頭痛等等，類似感冒的症狀，已經有幾十位透過視訊方式尋求醫療的朋友，我們安排時間，在彼此的手機上看著對方描述發生的症狀、時間和嚴重程度，多數會特別強調發燒到幾度、持續多久，有一些朋友描述拉肚子腹瀉的情形；經過將近兩個月臨床觀察，我知道咳嗽接著喘不過氣來是最嚴重的警訊，喘不過氣代表他們已發展成相當嚴重肺炎，除了卽時教導他們使用自己可用來測量的血氧機，更建議在家裡或工廠自我隔離的朋友，要重視三項功課，包括補充液體和水分，保持良好睡眠和心情愉快，第三項建議他們運動，尤其經由上肢體操兩臂上揚擴胸，嘗試增加肺活量的運動，教導他們最重要的一項自己可做的預防功課，請他們每天要持續運動，並且避免長時間臥床或坐著不動！

我也注意到許多感染的朋友，最容易造成肺炎惡化的，除了原先有糖尿病高血壓慢性疾病之外，「肥胖」應該是最大的殺手！爲什麼？

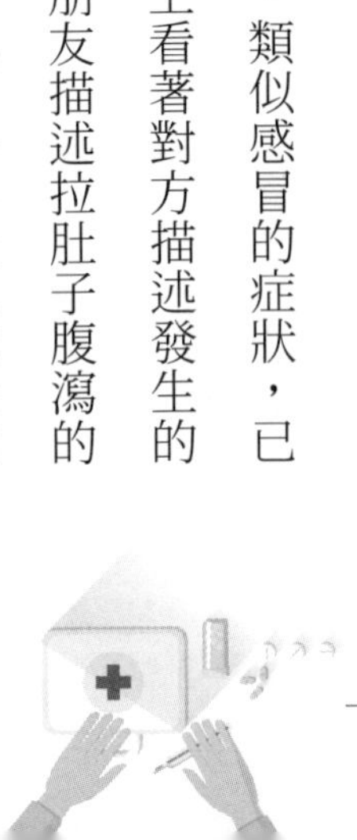

醫學上早已指出，人的肺活量受到直立姿勢和肥胖的影響，一般坐和站的時候，肺活量比起躺的時候要大，如果得到新冠肺炎的人經常躺著，肺活量當然變小，一旦肺炎的程度加重，肺活量變地更小，肺部可交換氧氣的總面積就不夠，血氧自然就下滑！肥胖爲什麼危險？因爲腹部的脂肪太多會往上擠壓肺部的底部，造成下部肺部無法充分擴張，自然肺活量變少，緊接著血氧下降，很快變地相當危險！

經過這樣的教學，有些病人會改變他們在病房的活動，有些眞的開始起來運動，甚至多多走動，有些會開始做深呼吸，深吸氣的運動，學習氣功吐納，把他們的肺活量盡量撐大起來，我們一起來練習，深吸氣，憋住氣，慢慢吐氣，一起來練習把氣充滿我們的肺泡，讓我們的氧氣上昇。

只要好好爭這一口氣，肺炎怎麼樣也無法把我們打敗！

疫病狂想曲

病毒演變急又兇，人類無法承送，死傷慘重，無一倖免，萬物之靈的人類，因爲喜歡群聚和團康遊戲，喜歡團隊競爭，習慣一個人靠著另一個人，人怕孤獨，雖獨享自在，卻又捨不得放棄人群來往，因人是團體的動物，群聚違反社交距離，讓病毒有機可乘，它發現大地萬物中，唯獨人類最脆弱。

人能改變習慣嗎？人類短期能找到更有效的疫苗，研發出更快速有效藥物減緩病痛？人的基因幾年內短時間有可能突變，演化出更能對抗病毒的人種？卽使有這類突變的機會，我們變成新人類族群的機會有多大？人類現在眞的需要認眞地和時間賽跑，期待演化的奇蹟。

疫情造成人的隔離，這兩年人類生育數目勢必大減，因爲現在人人自危，不敢隨便接近人，不敢輕易相信別人是否帶有病毒，人和人的實體連結，肉體的接觸，甚至性的需求、或感情交流，恐怕也大幅減少，下一代能先天對抗病毒的人數也必然少之又少，期待能成功蘊育對抗病毒的新人類可能性不高。

退而求其次，人類只能靠病毒賞賜，饒了我們，不再繼續下毒手，可能嗎？病毒既無人性，誰管人類啊！人類似乎還沒學習和病毒溝通的方法，不知道它們的喜忠，他們想和人類共存嗎？

還是它試圖將人類消滅，取而代之？

還有什麼方法呢？

歷史上記載諾亞方舟，在地球毀滅之前，諾亞的船聰明有策略地選擇各類生物，搭配一雄一雌讓他們登上生存的方舟，期待雨後的新世界，讓這些倖存者在新天地重新孕育出新的族群，開創新的世界；假如這個方法是最後一招，我們應該選哪一男一女，幫我們擔負承接到下個世界的責任呢？想去競爭這兩張票的朋友一定很多，但是誰也沒把握船艙的環境不錯？被配對的對象能夠賞心悅目，或至少能勉強接受？況且，誰能保障到達彼岸後，下一個新世界比現在還要好？那邊雖然已經沒有病毒，說不定還有其他更難搞定的問題，不會是充滿暴力、百毒不侵、或者長生不老的邪惡世界？

人類夢想著活在無憂無慮的地球上，現在因爲病毒入侵而美夢破滅，煩惱不斷，幸好病毒還沒有摧毀我們的思考，反而喚醒了我們奮鬥的決心；如果下一步變種病毒讓人開始習慣而麻木不仁，並隨著病毒基因轉譯而大跳探戈，天天醉生夢死，那我們就眞的沒有希望了！

又一個胡志明雷雨的夜晚。

幫她從絕望中脫險的耶穌和十字架

有一位年輕臺灣女經理從台灣派到越南不到一年，卻在這一陣子疫病中受到感染，先經歷了野戰醫院兩個星期奮鬥，一直惡化喘不過氣，來醫院的時候已經深夜，經過協調，不得不將她轉到同奈國家醫院加護病房治療，因爲那所醫院病人實在太多，她不得不在加護病房旁邊，一個臨時找來的行軍床上度過第一個晚上，之後歷經日夜不停的呼吸困難，氧氣面罩機械聲不斷，群組裡面充滿公司大小弟妹不停的加油打氣，原本她還可以一天短暫時間固定和大家問好，卻在三、四天前忽然消失不見，台灣的家人不斷找人卻沒有回應，過一兩天她才忽然間在群組上露臉，卻說著奇奇怪怪的話，讓大家摸不著頭緒，怎麼啦？

聽說她轉回到震興醫院之前大鬧病房，不得不延後回到我們醫院，但是也馬上大鬧病房，一連串的行爲不檢點，嚇壞特別病房的另外兩位康復中的大叔，我趕緊請教台灣的精神醫學專家陳快樂教授，懷疑她得了「加護病房後症候群！」國外文獻上指出，如果在加護病房五天以上，每天看著屋頂天花板的日光燈，一天24小時不眠不休的呼吸器機器聲，看著病房其他室友死氣沉沉或死生進出，三分之一的病人都會得到這種精神疾病，眞的禍不單行！

經過藥物治療之後，她好像反應不錯，利用白天再次跟她視訊問候，她說睡得好多了；我看她的臉色也逐漸紅潤，氣色比在先前加護病房中改善不少，她也對現在病房極爲滿意，我問她還想要什麼嗎？她立刻說想要一位耶穌和十字架！

我記得幾天前她在加護病房和我視訊時，特別提到加護病房牆上的耶穌和十字架，說她剛被不明究裡地送到加護病房時，她睜開眼睛，牆上十字架上的耶穌就一直陪著她，有很多天她經常快無法呼吸，常常人整個昏過去，簡直無法繼續活下去，她很多次想要放棄，但是睜開眼睛看著牆上十字架上的耶穌，距離她那麼近，她覺得耶穌一直陪著她，一直到她睡著，不曉得睡了多久，醒來就看著祂，她覺得並不是孤獨的，有耶穌陪著她，走過那十幾天幾乎活不過來的日子。

我記得醫院的麥副院長是天主教徒，只好向她請教那裡可找到一個十字架送給病房那位歷盡滄桑的小姐，讓她有伴得到依靠；麥醫師想了一下，從抽屜裡拿出一個小小的珠寶盒子，裡面有玫瑰翠玉般的項鏈和一個木頭的十字架，麥醫師請我送給她，今天晚上她會爲她禱告，希望她很快能夠康復。

當她絕望無力喪失意志和理性時，拯救她回來的，是在牆上一直陪伴著她的耶穌和祂受難的十字架。

加護病房牆上陪著她度過難關的耶穌和十字架

醫師的抉擇

貧窮的人需要經常面對困難抉擇？還是富裕的人？

醫院剛開始收治新冠肺炎病人，馬上湧入非常多住院病人，因爲床數有限，醫師們常面對需要抉擇的困境；如果病人症狀輕微，醫療的需求較少，醫師照顧起來容易；橫豎一個病床就只是一位病人佔用；如果收住比較重症病人，因爲他們需要更多時間醫療照顧，治療有較高急切性，病人有較高風險，照顧起來較不容易，佔用醫師較多時間，醫療人員接觸病毒的風險也隨之增加。

當同時好幾位期待住院，卻只容許收一位病人，究竟要收重症的病人，還是收輕症好照顧？影響選擇收那位病人的考量還有許多，例如是一個非常有權有勢的病人，是一位民意代表、重量級政要所推薦、或者他的親人，或者是醫師家人熟識的朋友，媽媽的同事，兄弟的老師，甚至女兒公司的老闆等等，當然多少影響抉擇；如果是醫院主管、醫院董事會、董事辦公室打來關切的電話，很難充耳不聞，再怎麼樣也要試圖找一張床？

震興醫院是越南的國際醫院，要面對更爲複雜考量，因爲有很多越南病人想來住院，他們也透過關係給醫院的越南醫療人員壓力；面對許多台商朋友，他們過去對醫院相當友善，也增加醫師的壓力；疾病雖然不分財富和國籍，病人卻有國籍之分，甚至包括語言障礙，是否會積欠醫療費等；除此之外，還包括希望單獨住一人病房，還是住多人病房；以新冠患者，病重時，多數會選擇單人病房，避免干擾；當病情緩和住院日變長，有些反而會選擇有室友的病房，避免過度孤單；曾有一位家人不在身邊的病友，因行動不便，她會仔細選擇病房內隔壁床的病友，可以適度幫她小忙，安排床位的護理長也特別體諒她。

「病床」對於許多病人是一個生病休息的地方，可是這個暫時休息的床又非常重要，能決定當天晚間睡眠是否能安眠得到充分休息，當身體有病痛時，對病床的期待當然就越高；病床也並不只是一個鐵床和床墊，確實需要有人性和周全的環境規劃，例如靠窗多近，窗外風景會不會影響心情；可惜多數醫療人員少有空去顧及，如果病床和環境不好，病人在病床上難得緩解疼痛，屋漏卻偏逢連夜雨。

醫師前輩提醒「視病猶親」，但是當有很多複雜的親密或親屬關係，選擇就更加不易。

糾結的國際醫療

雖然來越南不久，卻碰到這一次世紀疫情，我問資深的越南醫師，都搖頭說幾十年越南沒見過這樣的疾病和戒嚴；過去來越南多次和越南人融洽來往，十年來看著越南年輕人民的努力，歡樂而和平，沒見過越南有如此急症；過去卻較少了解越南台商；現在台商在越南很多元，有和越南人成家，有和中國人成家，也有單身在這邊辛苦經營，更有許多台資跨國企業；但是多數幸福有成。

這一次新冠病毒侵襲，感受到台灣人在越南雖然多數有經濟優勢，但是當大規模疫病產生，不分貧富國籍，台灣人爭取醫療資源上，難免成爲「相對弱勢」；原因包括，越南國內醫療量能相對比台灣少，醫院病床數也較少，並且多數集中在大都會，多以公立醫院爲主，私人醫療機構服務雖較有彈性，但卻一票難求。比較起台灣人一年使用健保看病、加上尋求醫療協助達15次，若加上自費醫療健檢等，恐怕一年可以和醫師等專業接觸討論將近20次；而台灣人到了越南，恐怕一年不會到本地醫療院所一或兩次，除了一年一次外國人因居留工作簽證必要健檢之外，其他多數能忍就忍；疫情前台越旅行便利，周末假期回台灣再看病；疫情中各類阻礙，造成本地台灣人和其他外國人延誤就醫更爲普遍。

在本地求助越南醫生也須有心理準備；多數越南醫師或護士都是社會佼佼者，因爲要念醫學院的醫學系護理系比台灣難上加難，他們是非常優秀的社會菁英；年紀較長的台灣人可能還記得，一九八〇年代之前就醫的困難，現在台灣年輕一代已習慣享有多年豐富便利的醫療便利，一旦來越南，除了文化差異，醫療質與量難求最有感；體制的沿襲，也影響越南醫療體系的更新與競爭，過於少數的醫療人力需負擔太大的醫療需求，個個雖都是巧婦，卻也常有無米的困境，不若台灣醫院間經常的競爭，持續追求周全與效率。

更爲困難的情形，恐僅有這樣的疫情，才見得到；雖然台商經濟能力較好，若醫師的時間和床位有限，越南醫生要先救越南人，還是台灣人？

我的觀察，疫情深重，越南醫生應該會優先幫忙越南病人，絕大多數國家也都會發生類似情形；醫師護士當然最怕被病毒傳染，因此難免有不願爲外國病人犧牲；這是國家主義自然產生的心態，當然醫院的主管多少和台商認識，台商也可給主管一些請託，但是這種與上層的關係若只維持於表面，對於基層第一線越南醫師護士，難以期待發自心底的感情與動機；簡單講，越南醫生不見得都願意照顧台灣人。這是人性；反之，台灣的醫療人員又有多少願意照顧外國人？台灣這幾年極力發展國際醫療，期待富裕的外國病人前來；但是當醫院病床不夠，自己親人找不到醫生求不到床，又有誰能先利他？也有台商因爲語言舉止比較不客氣，更不受到越南醫護的尊重。

台灣彰化基督教醫院曾經有蘇格蘭蘭大衛醫師（David Landsborough），一八九六年在彰化成立彰化醫館，後來成爲彰化基督教醫院；一九二八年蘭醫師爲了治療一名13歲少年周金耀的腿部潰瘍，請妻子連瑪玉移植腿皮給這個彰化小孩，這種「切膚之愛」並且是給異鄉人，不計較財富又超過國籍，眞的令人敬佩。

人有善緣天賜慈惠

今天見證臺灣秀傳醫療集團彰濱醫院和越南同奈省震興醫院簽約合作，秀傳由黃士維院長、陳秀珠營運長、黃明和總裁，震興由趙宇翔副總裁、醫院Dau院長、陳建亨執行長等出席順利舉行簽約儀式。

今天的姻緣來自於很多人的努力，二〇一六年我到胡志明訪問，由謝明輝會長帶我到同奈拜會家具事業非常成功的趙宗禮總裁，當時震興醫院硬體剛剛完成，鷹架陸續拆下，還有工人敲敲打打做最後收拾，趙總裁帶我搭工程載貨電梯，在灰塵鋼條滿布的院區，參觀卽將完工的醫療大樓；趙總裁多年在海外創業成功，更將他的善心化爲對越南民衆的照顧，試圖在醫療稀有的同奈省，提供艷紅的鮮果。

隔年二〇一七年立法院厚生會由當時盧秀燕會長和黃明和創會會長等多位立法委員到越南考察，專程拜訪了震興醫院，並且和趙總裁和陳執行長一起合影，預言未來將啟動的合作；當然，緣份等待著有心人將劇本化成眞！

秀傳醫療體系成立將近50年，由黃總裁一個人從一個彰化開業外科醫生，發展成台灣私人醫療體系中最大的自營醫療集團，並且持續成長；黃總裁更令人敬佩的是在一九九七年將秀傳的旗艦醫院，設立在彰濱工業區海埔新生地上，在波濤洶湧的台灣西海岸，風砂無際的荒地上，硬是建立起健康園區；黃總裁和我都是彰化鹿港鄉下人，鹿港人向來有開疆闢土的精神，值得我們繼續延續，而這一次秀傳和遠在千里外的越南震興醫院聯手合作，兩位雄才大略的前輩，在台灣與越南中間建立高聳的橋墩，兩位的接班人黃士維院長和趙副總裁及陳執行長，一起築起合作的大橋，眞的令人興奮！試寫一首賀詞：

震秀聯姻喜洋洋

興傳萬里結芳鄰

期待未來兩個醫療集團能手牽手肩並肩，共創雙贏豐富的未來！

後記：簽約之前雙方行禮如儀互相介紹，忽然無預警越南醫院停電，在台灣秀傳醫院可能擔心煮熟的鴨子、新娘會不會害羞跑掉？在越南震興更是緊張萬分，怕遠來熱情的帥哥新郎氣走了；那緊張的3分鐘讓兩邊感情增加百倍！還好一會終於復電，電光石火！

澎洽澎洽的心聲

週六醫院稍微安靜，我經過產科門診前面，驚訝著一早許多產婦就來門診排隊，大大小小不同的體位和腹圍，她們在候診區很有秩序地等待產科醫師逐一檢查，而隔壁房間響著胎兒一個個澎洽澎洽有力此起彼落的心聲，眞的美妙無比的組合，尤其在這個疫情沉重的城市裡，到處是封鎖線和公安的禁界，稀稀落落的街道和冷清的馬路，一切是如此緊張、死氣沉沉，但這些準娃娃們，選擇了這世紀最特別的時刻，大大方地預告他們的降臨，我不禁驚訝它們的決心和勇氣，面對病毒完全無懼！只有這個產婦的世界是快樂的、迎接著希望到來，在醫院裡只有這個角落，整個越南整個國家，從這個角落，又燃起新的希望！

醫院今天碰到另外一個特別罕見又棘手的難題。新冠肺炎病毒造成一家年輕夫妻和一個未足歲小娃娃感染，照顧娃娃的保母也受到波及。父親因有症狀先已住院，小寶寶和保母只有快篩陽性，媽媽仍是陰性，當地政府卻通知要將陽性的寶寶和保母帶往不同地方隔離，父親焦慮地求救，衛生局或可說服讓保母帶著六個月小朋友去隔離學校，父母親怎麼能安心？她還那麼小，醫院對於收感染小朋友尚無前例，不敢貿然將大人小孩通通收住院，醫院主管爲了能否治療這個小朋友討論半天，站在人道立場，理應讓小朋友跟父母親一起住院；但以醫學技術安全考量，部分堅持同情心和人性不應該超過醫學專業；夾在中間的醫師如何抉擇？還好獲得附近兒童醫院專家建議，即使媽媽沒有感染還是讓媽媽陪著小妹妹，可以在我們特別安排的隔離病房觀察，並且不跟其他家人在一起；感謝醫院副總從一開始第一位發出堅定又感性的支持，讓我們獲得溫和的共識，更能順利地照顧她的全家到平安出院。後來發現越南衛生廳最近也發佈類似規定，感染的小孩就由媽媽照顧，即使媽媽沒有感染；我相信這是最符合人性和專業的處置方法，我心中燃起一片溫暖，在這樣困難的處境中，卻有人性和智慧的伸張，益發彰顯越南的智慧和亮麗的未來。

我更驚覺，**我們最重要的決定應該根據「如何照顧好小小孩」**；大人們努力當能度過病痛的難關，但是小孩子只能依靠我們來幫忙；況且小孩子受感染也來自於大人社交接觸，**小孩是受害核心，也必然是醫療的關鍵。**

@好幾年前訪問河內國家歷史博物館，驚覺越南歷史的底蘊和人文著力，似乎像年輕的小牛卻有太豐富的田地一般，不會因為這一次病毒入侵而受到太大影響，更希望挫折讓她更加勇敢堅強。

2015年訪河內參觀河內歷史博物館
了解越南自立自強的想法

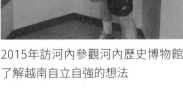

當我所愛的人得了新冠肺炎

念醫學院時和幾個同學翻譯一本美國加州大學精神科Milton H. Miller米樂教授的書《當我所愛的人病了》，據說當年（一九八二年；時報系列385）成爲暢銷書，討論心理精神疾病的處理和治療，我負責翻譯青少年與年長者的心理困擾兩個章節，最早參與專業出版的經驗迄今仍深烙：醫師治病，需治療整個人的身和心。在越南照顧近百位新冠肺炎病人前後幾個月，除了篩檢、諮詢、呼吸器、藥物治療之外，其實感染新冠肺炎的人身體復原無病毒後，他們的痊癒之路，是非常嚴肅的醫療課題，需要醫界朋友更爲正視；從幾位病人遇到特別的困難，我想邀他們的親人和朋友一起參與，幫助他們恢復正常，不僅回到過去正常的工作和生活，更邁向光明精彩的未來。

一位在醫院加護病房兩星期、度過重重苦難終於脫離呼吸器，把病毒趕出體外的病人，在第12天忽然產生脫離現實的幻想，把過去在台灣認識的好友「統統邀請到病房來陪伴，吃飯聚餐和出去玩」；雖然疾病方癒，自己仍極爲體弱，卻宣告「我已經通通好了」，急著想幫助隔壁病床病危的老翁，還和醫生護士吵鬧不願接受醫療治療和約束，在病房演出脫衣秀，病房地板當作畫布，塗上廁所排泄物；突如其來的精神病發作經由網路視訊傳到台灣家人，嚇壞所有同事朋友；幸好藥物治療迅速將她拉回現實，一步步順利地安排復健出院；當我慶幸看到正面有效的醫療，在病人預計出院的前幾天，鼓勵朋友能到病房來陪伴，逐步帶她回到原來的生活和人際關係，卻發現過去的同事和家人，竟然委婉拒絕伸出雙手，歡迎她回到溫暖的懷抱！不方便明說的理由，包括眞的已經沒有病毒？感染後還會得到其他變種病毒感染，體弱的人會不會容易傳染？保持多少距離才算安全？能安全地一起生活？沒想到已經成爲21世紀防疫經典的「社交距離」，深深陷入周遭親密朋友的顧忌心中。

醫院提供病人出院證明書上淸楚寫著PCR兩次大於32，已經沒有病毒，有些機構則以35（或34）以上認定，這些標準的差異，用不同PCR機器分析，以及解讀的不同，是醫院專業程序造成民眾對於「安全」的不確定；一般人在長期驚恐，甚至被警告和威脅太久，學習了國家行政指揮的口氣，自然會反射質問「病毒誰都看不見，怎麼證明身上沒有？」，上行下效加以延伸，她的衣物是否還有病毒？身上的紙鈔和錢幣？原來工作上班的場所，辦公桌使用的茶杯文具，是否要通通丟棄？否則怎麼消毒？舉凡這一些挑三揀四、吹毛求疵的疑問，不僅圍繞著當事人周遭，逐漸形成焦慮雲集，如金鐘罩，緊緊籠罩著病毒已離開的病人，當事者卻可能未察覺，周遭親友也不方便直接詢問本人，並且和醫師爭議「要不然醫院出絕對不會再感染他人的證明？」針對這些醫療技術外的溝通，不見得所有醫師都能淸楚釋疑，更讓人和人心中的黑素，繼續在檯面下醞釀；像病毒在人群間傳播一樣，對病毒的疑惑和猜忌也很快地在人群中傳染開來，不須靠飛沫卽

可感染其他人，傳播的速度和距離更不輸病毒，況且口罩和洗手都無法有效擋住，疫苗似乎仍未針對這類恐懼產生抗體；唯一有效的，可能是社交距離和繼續請他們隔離。

後來我和護士常去病房看她，親切的護士幫她泡牛奶，還幫體弱的她洗頭洗澡，並且一天幾次視訊提供給關心她的朋友群組，提供復原的情形，嘗試一邊牽著她的手，一邊拉近等著接她回到世界的朋友。

另外一位朋友在隔離醫院隔離太久才脫離險境，經過冗長呼吸復健後回到台灣，被規定在防疫旅館兩週，讓許多家人期待著好好擁抱劫後餘生的他，繼續延後；從脫離越南隔離醫院PCR驗不到病毒後已折騰超過一個月，眼看能夠回到家人的懷抱，卻受「又愛又怕受傷害」的家人疑慮以待；不過他倒是很有技巧地問我，「能不能擁抱和接近家裡年長體弱的父母親」而不是問「是否能夠和女兒一起晚餐」，或者「什麼時候能夠再和妻子親密同床」，核心疑問仍然圍繞在「病毒眞的已經完全離我而去？所有身上每一部分的組織和細胞嗎？例如唾液和精子？」。

如果PCR檢測陰性已經超過一個月，「爲什麼還要強制隔離旅館兩週？然後再多一個星期需要在家自我隔離」；「難道台灣懷疑我身上還有病毒嗎？」，「如果有充分醫學證據仍有病毒，請醫師幫我治療排除」；「醫學上若找不到，能否給個淸白證明？」許多坊間人云亦云的懷疑和假消息，幾乎暗示身上還有百萬或億萬分之一有病毒，「這樣還是很危險」；前面這類不分青紅皂白的規定，他抱怨「簡直被當作小偷兇手」；醫學上確實不易回答這些疑慮，除非對一位患者的前後很仔細追蹤分析；許多現實的行政規範，持續圍繞著從新冠戰場回復、看來已健康的人，無形中成爲揮之不去的醫療白色恐怖。

新冠肺炎病人恢復後須經歷非常多生理上的復原，包括喘不過氣，動不動就累，甚至無法片刻離開氧氣的強烈依賴；有病人說他必須鼓起勇氣，衝鋒一樣短暫離開氧氣管跑去廁所和衛浴；他們需要許多身心的復健，不僅當事者，他們周遭的朋友和我們的社會，恐須更大復建工程，包括媒體能關懷體諒這些倖存復原者。

台灣已有一萬多名感染確診者，越南迄今也超過60萬人，全世界更有兩億以上倖存者，雖然他們許多只是輕症或無症狀，但是對於不少災後餘生的朋友，我們應該從他們的傷痕學習，聆聽他們從鬼門關回來的聲音，開創我們社會復健的新頁。

新冠病毒對人類是個嶄新的痛苦和學習，我們絕不可將新冠病人視同百年前對待精神病患或痲瘋病人一般。

註：當您所愛的人得了新冠肺炎——是原文[8]的標題，報紙編輯建議用比較符合台灣當今媒體新聞學味道，所以修改；病毒感染之後，即使你沒有被擊倒，也都和以前不一樣了。

8 原文刊載於《蘋果新聞網》「蘋評理」即時論壇 https://tw.appledaily.com/forum/20210918/TIBSKNL475ED5PC35MBPHZLBBM/

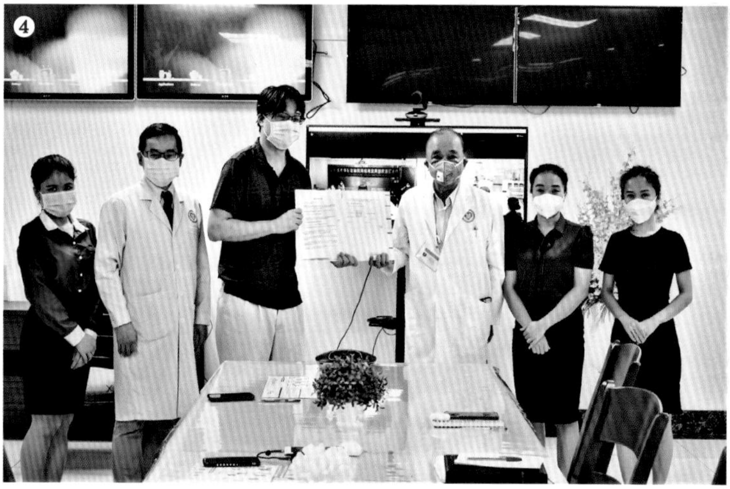

① 與陳執行長和胡志明醫藥大學的專家討論心臟科和加護病房的技術合作
② Đạu 院長和陳建亨執行長與高雄小港醫院郭昭宏院長簽訂合作備忘錄(2021年7月)
③ 拜訪檢驗科主任高興展示由胡志明醫藥大學授予的核准證書
④ 副總裁和彰濱秀傳醫院黃士維院長簽訂合作備忘錄(2021年9月)

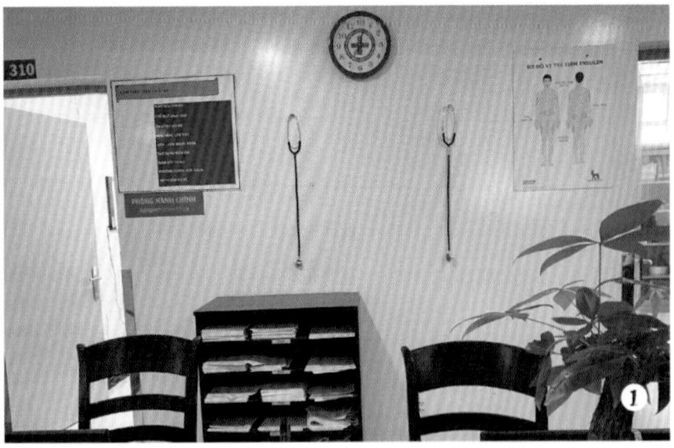

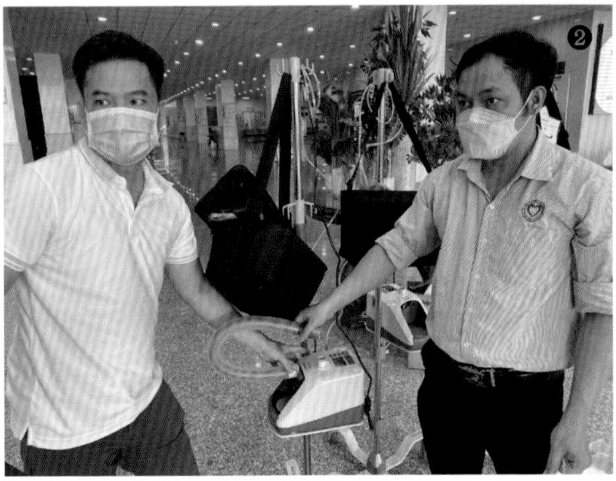

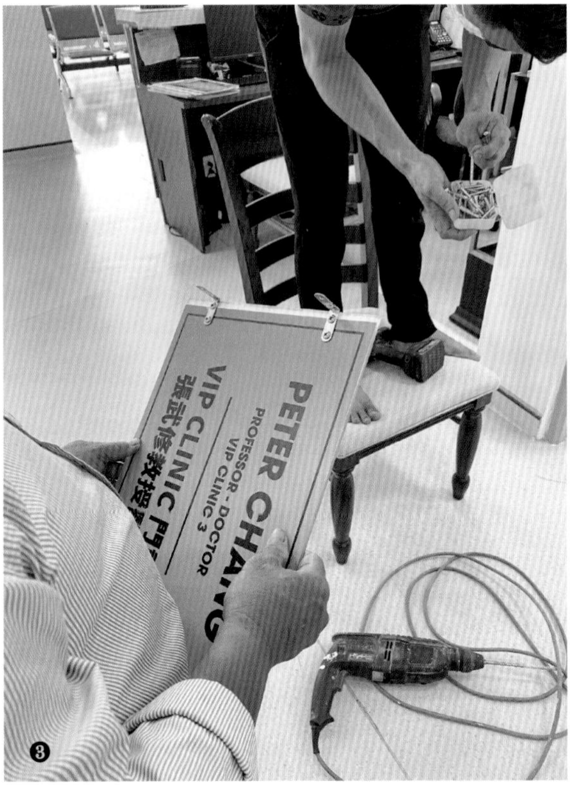

① 內科病房牆上的聽診器

② 兩位年輕帥氣的醫工師常帶來驚喜

③ 總務小兵特別訂製張教授門診招牌，認真地裝在牆上，和他的電鑽工具

④ 趙副總裁宴請醫院主管共同慶祝國際護理師節

① 新隆坊巷內在地板上嬉戲的孩童
② 檳椥省村子裡天真的小男孩
③ 醫院疫苗注射室常有可愛的小朋友來接受注射

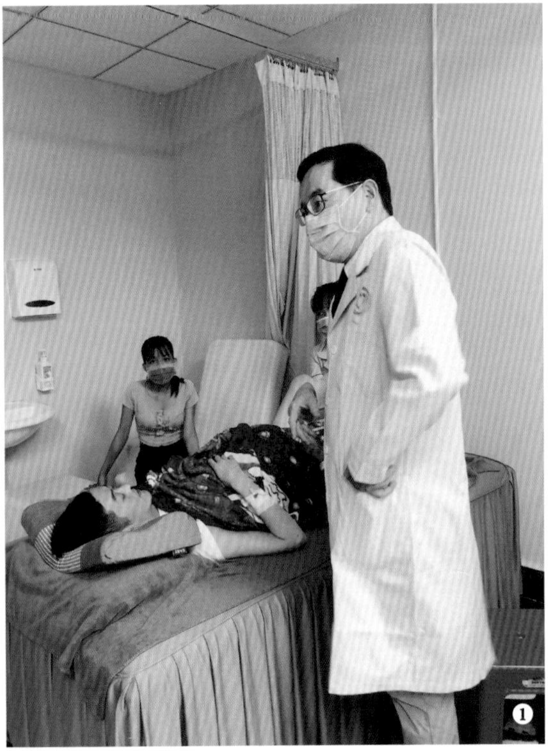

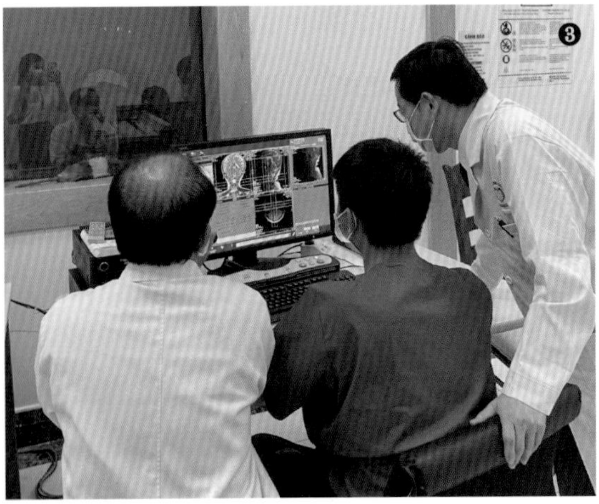

① 探訪中醫科門診一位病人復健的進展
② 醫院大廳掛號台為所有病患做需要的血壓測量
③ 和放射師一起討論並建議核磁共振集中掃描的部位

① 神父已經花了三年時間慢慢完成的教堂主殿
② 檳椥省路旁小巷裡竟蓋起一座高聳的教堂
③ 神父身邊的石將義工

① 同奈河港邊社區窄巷中發現用石椅和石講台的露天教堂
② 胡志明二郡七月即將封鎖前，仍開著大門的天主教堂
③ 震興醫院(右遠前方)面對國道斜對面的天主教堂，扮演這條大馬路兩側的守護使者

① 湄公河岸的蟒蛇纏身
② 湄公河流域綿密的水道，隨處有輕舟擦身而過
③ 湄公河江闊水廣行船不斷
④ 湄公河流水暢旺

① 同奈河港邊臨時搭建的移工工寮，供外省份前來打工的家庭居住
② 西貢河上吃水沉重的貨櫃和繁忙的行船
③ 同奈港邊堆積如山的貨櫃剛運抵達就急著出港
④ 西貢河慢慢流過快速興起的胡志明市大樓

① 國道上聳立的唯一台灣醫院震興醫院大招牌
② 只有病毒的警訊能擋下這些龐大的貨櫃車前進
③ 一天24小時不斷擁擠的國道被無數準備前往各國的貨櫃車塞爆

① 新隆坊小巷中還有更小的窄巷卻走出賣冰淇淋的小販
② 等著下一通外送訂單的Grab騎士
③ 檳椥省鄉下小道旁準備著牧草的農夫
④ 胡志明街上傳統藤藝店

① 醫院在樹蔭下佈置了許多供快篩民衆等候的椅子
② 醫院的停車場夜幕低沉，準備送走滿天的彩霞
③ 拜託一位特派騎士穿過重重的檢查哨送一組快篩試劑給那位疑似感染新冠的台商

週末開了好幾個小時車子到檳椥省參加朋友員工的婚禮，雖是鄉下的婚宴卻毫不馬虎，喜宴連續幾天不斷，就在家墓前展開的廣場

① 胡志明市區封城日久，失業的年輕人冒險出外擺地攤
② 疫情中逐漸減少摩托車壅塞的胡志明街景
③ 新隆坊星期天早上的野台幕默劇

① 路邊小販極爲豐富的水果攤
② 鄉下人蓋房子靠著社區鄰里的分工合作
③ 市區到處可見的路旁涼飲店

國家圖書館出版品預行編目資料

越南醫記：一位台灣醫師的越南行醫紀錄／張武修著. --初版.--新北市：社團法人新北市亞洲教育科學文化協會，2021.12
面； 公分
ISBN 978-626-95298-0-3（平裝）
1.醫療服務 2.醫療社會工作 3.越南
410 110017406

越南醫記：一位台灣醫師的越南行醫紀錄

作　　者　張武修
發 行 人　蔡定諺
出　　版　社團法人新北市亞洲教育科學文化協會
新北市新莊區中正路895-17號五樓
連絡電話：0988-249-847
聯合發行　台灣亞洲教育科學文化協會、錫卿文教基金會
設計編印　白象文化事業有限公司
專案主編：李婕　經紀人：徐錦淳
經銷代理　白象文化事業有限公司
412台中市大里區科技路1號8樓之2（台中軟體園區）
出版專線：（04）2496-5995　傳真：（04）2496-9901
401台中市東區和平街228巷44號（經銷部）
購書專線：（04）2220-8589　傳真：（04）2220-8505
印　　刷　基盛印刷工場
初版一刷　2021年12月
定　　價　480元